溪游记

行走在美国

蔡林溪——著

中国工人出版社

图书在版编目（CIP）数据

溪游记：行走在美国／蔡林溪著.—北京：中国工人出版社，2019.5
ISBN 978-7-5008-7180-4

Ⅰ.①溪… Ⅱ.①蔡… Ⅲ.①随笔—作品集—中国—当代 Ⅳ.①I267.1

中国版本图书馆CIP数据核字（2019）第084669号

溪游记：行走在美国

出 版 人	王娇萍
责任编辑	周小彦
责任印制	黄 丽
出版发行	中国工人出版社
地 址	北京市东城区鼓楼外大街45号 邮编：100120
网 址	http://www.wp-china.com
电 话	（010）62005043（总编室） （010）62005039（出版物流部） （010）62379038（社科文艺分社）
发行热线	（010）62005049 （010）62005042（传真）
经 销	各地书店
印 刷	三河市文通印刷包装有限公司
开 本	880毫米×1230毫米 1/32
印 张	8.75
字 数	194千字
版 次	2019年6月第1版 2019年6月第1次印刷
定 价	58.00元

序言 1

P R E F A C E

观察的价值

雷　颐

蔡林溪小小年纪了不起，不停地写写写，《溪游记：我在美国上高中》才出版不久，眼看一本新书又要出版了。上一本书，是她刚到美国上高中，年轻又是初来乍到，对一切充满了好奇，经过一场"文化休克"。时间好快，她完成这本书时，已经是大学生了。

大学生，成熟了不少，更重要的是她在美国已经有一些年头，没有那种"休克"感了。对许多事情，都见怪不怪、习以为常了。说得好听是成熟，不好听，是感觉迟钝，有些麻木了。但是，她却依然拥有一颗童心，有孩子般的好奇心，依然保持着敏锐的感觉，依然用这双好奇的眼睛观察周围、打量周围。思考，当然比几年前成熟了许多。

个人兴趣，我最关心的是学校，确切地说，是她笔下学校的社团生活。

高中学校这些社团的建立，大致分成两种。第一种是由老师倡议组建，比如她加入的 International Culture Society。学校负责国际生事务的老师，想要通过建立社团，加强本国生和国际生的双向交流。在这种情况下，社团相关负责人全部通过竞选产生。第二种情况，则是由学生自主建立。如果你对某一方面很感兴趣，并且学校没有类似领域的社团，你就可以向学校提交申请。此外，你还需要找到愿意帮助你的老师，担任该社团的辅导员（学校规定，每个社团都需要一个老师来指导负责）。

上了大学后，社团更成为学生们互动交流、日常沟通的重要平台。在她所在的大学里，经过学校认证的社团，少说也有一百来个。每个学期都会举行为期两天的 involvement fair，方便学生近距离了解各个社团，找到自己的兴趣所在。社团种类繁多，有芭蕾社、网球社、音乐社等培养个人兴趣的俱乐部；也有数学社、科技社这类专门为准备竞赛而成立的小圈层。

历史研究表明，英国作为现代社会的起源，有种种因素，其中之一就是社团或者俱乐部文化的发达。许多到过英国的人都发现，英国人天生喜欢组成各式各样的俱乐部或社团。英国史学家艾伦·麦克法兰在研究现代世界的诞生时，对英国的俱乐部、社团进行了细致的研究：“无论何种俱乐部，均未将个人接管下来；一名俱乐部成员，犹如一名运动队成员或一名管弦乐队成员，保持着一名成员应有的一部分自主权，同时也和其他成员合作。”

俱乐部、社团，构成了今日英国社会结构的基石。对这种既保留个人自由，又充当团体成员的现象，著名的法国思想家托克维尔在19 世纪到英国旅行、考察后评论说：“经过思考，我倾向于认为：追求个性的精神是英格兰民族性的基调，结社则是人们感到无法独立成事时采取的必要手段。不过，追求个性的精神处处显身，在每一个方面都露出了峥嵘。”他将英国与自己的祖国法国作了一番比较，他认为这种为了实现某种目标而加入社团的精神与法国的情况迥然不同：这种精神“促使英格兰人汇聚众人之力，去实现我们法国人绝对想不到要以这种方式去抵达的目标。英格兰有各种社团，旨在促进科学、政治、娱乐、商业等”。

进一步说，英格兰的构成成分是个人，不是集体，但是同时，个人又通过不可胜数的社团（associations）构成了一个社会，这种“社会”是现代世界诞生的重要条件。蔡林溪或许没有意识到俱乐部、社团有如此重要的历史意义，但她凭感觉、直觉，知道这是美国学校与中国学校的重要不同。所以，她写了又写，写了高中的，又写了大学的，读来不仅有趣，更引人深思。

雷颐　中国社会科学院研究员、博士生导师，历史学家。

序言2

PREFACE

留住记忆

马 勇

不久前，蔡爱东先生约我为其爱女蔡林溪同学的第二本书《溪游记：行走在美国》写几句话。稍后，林溪同学便将书稿发了过来。浏览一遍，这是一个二十岁的中国女孩留学生活的写实，从大历史视角看，极具价值，因而乐于为之写几句。

近代中国留学的历史已经一百多年了，由于工业革命，后起的中国在经历几番犹豫彷徨后，还是选择了跟进。因而留学西方，向西方学习，就几乎与中国的工业化同时起步。

回望一百多年的留学史，我觉得中国从中获益极大，毕竟工业化起源于西方，属于原创，中国属于后发性的跟进。这是中国几千年历史上不曾出现的现象，“六朝”、唐朝时期的“西天取经”，与近代以来的留学完全不在一个层次。西天取经只是有选择地寻找、翻译佛教经典，中国固有文明面对佛教并没有完全放弃自己的立场。几经冲突，至“北宋五子”出，一个全新的中国文明悄然出现，儒释道，所有的本土文明、外来文明都因此实现了凤凰涅槃，达到了重生，甚至永生。

讨论佛教进入中国至新儒家出现八百余年的历史，由于中国固有文明依然强势，因而尽管佛教严重冲击中国，甚至如“南朝四百八十寺”，一度实现了“佛教化”，但是固有文明的内在力量，还是将外来文明吸收容纳进了自己的体系，外来文明渐渐失去了其独立存在的价值。

印度佛教文明为中国文明更新提供了智慧资源，由于中国、印度均处于类似的社会发展背景，因而文明交流有冲突，但总能找到契合点。真正意义上的西方文明进入中国则不一样了。

西方文明进入中国的历史也很漫长，近期要数明清之际、同光之后两个时段。明清之际，中西文明交流也比较温和，利玛窦等传教士为了传播福音，不得不适应中国固有的文明规范；徐光启等中国名儒也能谨守圣人教诲，以一事不知以为耻，虚怀若谷，不耻下问。中西文明在明清之际获得了相当充分自由的交流，这对中西双方文明演进都具有积极的意义。

问题的症结发生在工业革命之后。十八世纪中期开始的工业革命给西方带来了一个全新的时代，由工业化而城市化而现代化，西方的政治、经济、社会生活、文化教育乃至人际交往理念，国家与国家之间的交往理念，都发生了巨大改变。假如中国那时不是如此强盛，假如中国那时能够对外部世界有更多理解，十八世纪中期的中国，处于数千年来少有的几个鼎盛时期，中国的资本、市场，加上英国工业革命的技术，以及持续释放的巨大产能，中西那时如果有理解、有合作、有互补，不仅中英两国得益共进，而且因为中英东西两大帝国，几乎就是那时的世界霸主，世界面貌必将因中英合作而根本改变，世界历史也就一定不是已经发生的那个样子。

当然，历史无法假设。中国没有在工业革命时代及时跟进，甚至没有理解工业革命激活了资产阶级的冲动、诉求，没有理解法国大革命的意义，没有理解十九世纪早期的欧洲社会因为工业化早期无法避免的混乱与骚动。这一系列错失，差不多就是一百年，至道光、咸丰时，中国在经历了与西方两次交手失败后，不得不踏上工业化、城市化之路，学习西方成为中国的唯一选择。

学习西方不外两种方式，一种是请进来，一种是送出去。前者有晚清几十年的客卿制度，先后服务于中国的李泰国、蒲安臣、赫德、丁韪良等，深刻影响了中国的制度安排、社会发展；后者如果从容闳算起，更是不计其数。没有那些客卿，就没有类似于海关、使臣、学堂之类的制度安排；没有成千上万，乃至几十万几百万的留学生，基本上可以断定就没有中国的现代化。从这个意义上说，研究近代中国的留学史，对于中国的现代化建设意义重大。也正是从这个意义上，我对蔡林溪同学的这部随笔格外感兴趣。

近代留学生留下了大量的生活记录，最著名的当属容闳的《西学东渐记》。通过容闳的这部书，以及类似的记录，我们不仅观察到留学生的日常生活，通过他们体会西洋文明留给那时中国人的影响、冲击、震撼，而且通过留学生的记录，我们可以清晰感受到历史的脉搏，感受到中国之所以必须学习西方的理据、路径，感受到中国文明必须走的方向。

蔡林溪同学只有二十岁，就出版了两本书，大致都是自己留学生活的写真、实录，青春文字可以赢得同龄学子的阅读、借鉴；作为历史学者，我还想说这本书以及类似的留学随笔、日记等一切文字，都在有意无意中记录了历史，记录了时代，留住了记忆。

期待蔡林溪同学顺利完成学业，写出更多的生活实录。这是一个值得保持的好习惯。

是为序。

马勇　中国社会科学院研究员、博士生导师，历史学家。

序言 3

PREFACE

不是序的序

张　鸣

朋友传给我他女儿写的一本随笔散记，作者是95后，但她写东西的大体架构却似曾相识，即使是我这一辈儿，或者更老的民国老人，随笔不也是这样写的吗？或者是儿时的回忆，或者是生活随感，或者是旅行散记。只要有一双敏锐的眼睛，一支写字的笔，当然，现在已经改成了键盘，甚至触控手机。动动指头，文字就像水一样流出来了。

说她的文字像水，是说它很流畅，自然。想到，也就写到了，有所感，也是浅浅的，像一湾清溪，没有说教，更没有大道理。除了几篇儿时的风情之外，剩下的多为域外的经历。这样的经历，作为一个小留学生，娓娓道来，像是拉家常，带着小女子的细腻，看上去一点都不吃力。一个人，一个故事，一个旅途中的细节，在她的笔下，个个都那么有意思。

作者的年纪小，文字不老，有的时候，还带有一点点的稚嫩。但是，在我这个退休老头看来，一点都不生疏，有点老少咸宜的感觉。说实在的，这一点让我有点意外，在我的印象中，跟 90 后以后的孩子接触，我们这一代人，隔膜感还是不小的。作者是喜欢读《红楼梦》的女孩子，读作者的文字，蓦然觉得，就像林妹妹摇摇摆摆地走过来。

看来，无论哪个时代的人，只要勤于观察，勤于思索，所思所感，其实都是可以相通的。

我对于文学是外行，拉杂写几个字，算是对这位不知名小朋友的文字做一点回应。

张鸣　中国人民大学教授、博士生导师，历史学家。

序言 4

PREFACE

当你二十岁

杜骏飞

蔡林溪是朋友老蔡的女儿，她这本《溪游记：行走在美国》要出版了，嘱我写一小序。我答应了，却不知如何落笔。

这里的文字，多是一个二十岁美国留学生的心语，许多思绪和文字，对我来说，已属兴味难解。

好在，其间那些写实的文字，能为我领会这个年龄的微言大义，给出必要的提示。譬如"美国见闻"篇，巡游了美国的著名图书馆、跳蚤市场、养老院、文化院等；"异邦校园"篇则讲述了南加州大学的宿舍生活、选课以及校内社团活动。我想，对于好奇于美国社会的读者，这些都是很有趣的介绍。

看得出，喜欢漫游的作者，是有志于旅行写作的，因为"流浪时光"篇里，还囊括了几篇日本游记，以及在上海实习的职场随感。这一代孩子衣食丰足，称之为"流浪"，自然是夸张了，但如果称之为心灵流浪史，倒恰如其分。

在她这个年龄，“Teenager”时代已然翻篇，但成年却远未到来，内心的成长，大多伴随着精神的漂泊与焦灼，而旅行也罢，读书也罢，实践也罢，其根本的意义，无非还是要寻求内心的锚定。

在“‘微’观世界”篇，作者写了不少对于中美两国文化现象的思考，譬如残疾人、地铁，以及“浅尝辄止”篇中对八位中国留学生的采访等，我以为是颇值嘉许的。不是因为其中有些什么惊艳的思想，而是因为在这个年龄，难得一见有中国留学生愿意思考一些宏大、抽象、“无用”的问题。

无疑，书中所谈到的那些大词，譬如信任、爱国、宽容、自由、弱势群体、功利主义等，必将伴随着作者一生的思考。我以为，与一本随笔的出版相比，一些及早到来的观念成长，对一个文化青年来说，倒更为重要。

林溪告诉我说，她写作的初衷很简单，因为从小就对写作很感兴趣，不希望在很小年纪去到美国后，便遗忘了中文的魅力。所以从15岁赴美国读书起，她便开始用笔来记录生活点滴，以及在美国感受到的多元文化。2016年，她出版了第一本书《溪游记：我在美国上高中》，详细讲述了她在美国读高中的随感。

这是她的第二本书了。大约她还会以一个自定义的讲述者身份，勤奋、安静、执着地写下去。你大致可以将这些文字视为：一个青年探究世界意义的自白，以及面向内心成长的私语。

而每逢读这类文字，我总是会想起人类学里的自我民族志（auto-ethnography），从研究者的视角看，自我民族志是介乎人类学和文学研究之间的呈现。这里的讲述者，总要把焦点放在与个体经历相关的社会、文化含义，然后推己及人，再由外而内，揭示出复杂多元的自我意义。

囿于阅历，林溪的文本，当然还达不到文化研究的高度，但是因为叙事的宽广，告白的细腻，她也确实在通过亲身体验来构造自我主体性，对她而言，也自有其审视自己的生命史的价值。

或许，假以时日，伴随着她日渐跨越各种内心边界，与社会的符号互动也会日渐深刻，那时，作者或许更有能力深描社会语境，借此把心灵深处的领悟层层打开，从而呈现出一个更为深邃的文学之境。

林溪说，即将出版的这本新书，描述了她对世界的“个人偏见”。然而，谁对世界的理解不是“偏见”呢？在这个建构化的世界里，也许，个人的见解大多是有偏的，但唯其如此，它们也才是独特而有价值的。

我问她，你觉得自己的写作有什么不足？她答：也许年轻就是不足。但我不这么认为。年轻不是不足，连幼稚也不是；自然，我也要说，年老不是不足，连世故也不是。在我心里，一篇写作的根本，其实就是凡·高式的“真诚老实”。或曰，一篇写作如果有最大的不足，那就是不真诚。

林溪现在20岁，无论是人生还是写作，都还在摸索中。青春畅快，青春也艰难，青春有迷茫，但那些记录成长的语言，无一例外是珍贵的，因为它们最可能真实诚恳。

20岁，介于成熟与幼稚之间，在上一代看来，有令人费解之处，但我以为，最好的写作，都不是为他人，而是为建立更好的自己。

林溪写游山体验时说：“也许大山的奥秘与味道，绝对不是三五天观察就可以轻易洞悉的。”其实，人生也是。

Beyond 在《光辉岁月》普通话版里唱道：“一生要走多远的路程，经过多少年，才能走到终点？梦想需要多久的时间，多少血和泪，才能慢慢实现？”

林溪还年轻，天地间自然也是任她展翅高飞的，这世界也自然没有人笑她“天真的预言”——除非她没有。一个人的一生将会怎样，我们并不确知；但一个人的一生想要怎样，我们颇可预言。

对我来说，相较于风平浪静，我更喜欢风急浪高的生命，相较于浅斟低唱，我更赞赏理想怒放的青春。如果要我描绘一种了不起的人生踪迹，我愿意它像 Beyond 所唱，曾有过“风中挥舞狂乱的双手”，曾写下纯真、炽热的“灿烂的诗篇”，即使世界潮来潮往，即使那生活如晚霞般疲倦。

所以，你知道，我期待每一个 20 岁的世界，都将有更了不起的变迁，每一个 20 岁后的青年，都将迎接自己的光辉岁月。

于本书的作者，自也如此，抑或如此。

也许，有一天，在遥远的未来，她在暮晚的树下回瞻此生，读到这一卷 20 岁的人生日记时，可能不会如她曾经想象的那样意绪难平，而只会微笑着，理解着这时的自己，涌现一阵壮丽人生的追忆，然后，则是高天之下的心静如水。

杜骏飞　南京大学教授、博士生导师，中国网络传播学会创会会长。

序言 5

PREFACE

青春做伴做自己

崔 艳

初见林溪，得知她15岁独自赴美读书，短短几年，便迅速适应了国外的学习和生活，换来的是高中结束后的满意答卷，顺利考入著名学府南加州大学。

初读林溪，有感于她字里行间的“原生态”：清新，细腻，活泼，真性情。2016年，她出版了第一本书《溪游记：我在美国上高中》，时隔两年半，又有了第二本《溪游记：行走在美国》。

每个人的青葱岁月，都是记忆中弥足珍贵的部分。林溪的20岁，全部被她用朴素灵动的文字记录下来，很有意义。“无论是赴美读书，还是实习打工，抑或是旅行，希望不断进步。也是想通过这本书，表达出的观点——没有一个人的青春不艰难，即便有迷茫，仍需在追求成长的过程中，永不止步。”

于是产生好奇，这个20岁的活泼女生，为什么会坚持写作，从未间断。“我的初衷很简单，从小对写作很感兴趣，不希望在很小的年纪去到美国后，便遗忘了中文的魅力。从15岁赴美国读书起，我开始用笔来记录生活点滴，以及在美国感受到的多元文化。起初把文章发在凤凰博客上，没有想到受到很多对美国感兴趣的同学及家长的关注和欢迎。”

一篇又一篇，从校园生活到旅行远足，从文化艺术到社会话题……林溪写下了她的青春故事，写下了她的阅读行走，写下了她对这个世界的爱与真诚。

青春就该如此，不要沉默的安逸，不要俗世的伪装，在“流浪”的路途中，做回自己。让艰辛的脚步，浪迹在七彩的旅途。在珍贵的时光，经历最美的风景，装饰人生的记忆。

林下风范，积溪成海，祝福林溪，也感谢林溪，分享心灵成长中的美好、勇气和激情。但愿她带着初心和梦想，继续任性地流浪，顺着风的方向，追寻自由的彼岸。

崔艳 曾任《第一财经》电视双语主播兼制片人，现为跨国文化学者、艺术策展人。

序言 6

PREFACE

流浪时光

蔡爱东

这是什么地方 / 依然是如此的荒凉 / 那无尽的旅程 / 如此漫长

——许巍《故乡》

女儿常常介怀朋友们叫她“老蔡的女儿”，我以为，那是“小蔡”不甘寄生在父母的庇护下，向往更加独立自由的生活。

一晃，“小蔡”也已二十，想必有“造反”的念头久矣，这委实也不奇怪。而我，抚摸着沧桑岁月留下的肚腩，除了徒感时光的步履匆匆，莫奈何。

当我还是“小蔡”一般的年纪时，到过最远的城市，就是离家几十公里的县城。每每闻到街巷烧饼摊头飘来煤球燃烧后的余味，不由得兴奋异常。似乎那是文明世界的火光，召唤我去流浪。

彼时的中国，改革开放在经历了那一场风波之后，一切又陷入了停滞。在我和知识世界有限的勾连中，特别留有印象的是，当年央视播放的六集政论片《河殇》。那是我在主流话语形态之外，第一次接触到这样的“异端邪说”。

对于一个乡下的孩子，一个懵懂无知的青春少年，《河殇》提出了一长串发人深省的问题。于我，是新鲜的。我试图靠死记硬背，丰富我的知识厚度。至今，我仍清晰地记得这六集的小标题《寻梦》《命运》《灵光》《新纪元》《忧患》《蔚蓝色》和其中的大部分内容。

某种意义上，《河殇》完成了我最初的思想启蒙。当然，另一方面，更加激发了我探究复杂世界的欲望。

很难说，另一个“小蔡”的成长，没有受到我这样“自由化”思想的干扰。

所以，在“小蔡”十五岁那年，我鼓动她“漂洋过海”，去另一片大陆闯荡。及至后来的假期，继续鼓励她去巴厘岛支教、到日本游历、在美国做义工等。在路上，感知世界。于她，也是一种成长。

随着这样的体验增加，“小蔡”的观察和思考也在不断充盈。每每读到她的文章，那些对自由燃烧着的渴望，对“人之为人”的权利与尊严的捍卫，都触动着我，也困惑着我。

今天，我将“小蔡”的成长与诸位分享，如果对你有所触动，也希望你与我一起，传递给更多的人！唯愿，此书所散发的常识和理性，能让渴慕自由的人们，更多一些坚定。

或许，这就是“流浪”的意义。

蔡爱东 本书作者蔡林溪的父亲，常州创意产业中心主任。

目录

C O N T E N T S

目录

C O N T E N T S

目录

溪游记：行走在美国

Part 1

美国见闻

地震？火灾？Just take it easy!

2017 年夏天，我选择留在美国，这也意味着我要独立生活两个月。本以为这次留在美国过暑假，只不过让我增加一些独自生活的经验罢了。然而没想到的是，其间我却经历了一次地震，外加一场“火灾”。

洛杉矶位于地震带上，小震频繁。按理说碰到地震，我应该见怪不怪才对。然而实际上，这次经历，却是我来洛杉矶几年来所遇到的第一场“有感地震”。也许人和其他动物一样，面对灾难都有一定的敏感。这也就很好解释，长期患有“嗜睡症”的我，在地震那天晚上，却是破天荒，直到凌晨一点多也毫无睡意。

当我精神抖擞地刷完微博，打算睡觉时，忽然感受到一阵晃动。神经大条的个性此刻展露无遗，刚开始晃动的前三秒，我以为我的朋友在玩恶作剧摇我的床。正当我欲起身“破口大骂”时，突然察觉到，并不是我的床在晃动，或者说，不仅是我的床在晃，而是整个楼房都在摇晃，并伴随着“吱嘎吱嘎”的声音。

“地震了”，在我脑海中闪过这句话的同时，我立即条件反射地从床上坐了起来，然后……如果你认为然后我就训练有素地夺门而出，抑或是侧躺在床边，那么很不幸，你猜错了，然后的后面其实什么也没有。虽然我可谓迅速地做出地震的判断，可是我却不知道，接下来我到底该如何“逃命”。

我先想着赶紧下楼，可我觉得这次地震，貌似还没有达到需要下楼逃命的地步；再者，我现在的公寓在五楼，走楼梯肯定来不及，而跳楼则更不可行。可能地震还没完，悲剧就已经发生了。

既然下楼这一方法行不通，那我就乖乖待在房间里吧。可是房子那么大，躲在哪里也是个技术活儿。学校老师讲要躲在床边，因为即使有东西砸下来，也可以构成三角；而我又记得妈妈说过，地震时要躲在有水源的地方。这次地震差不多持续了二十多秒，然而令人沮丧的是，直到地震结束，我都没有来得及想出最佳的逃生方案。

地震过后，我淡定地认为，这不过是一场小震。可当我打开手机，看见微博和朋友圈都被地震的消息刷爆了。第二天，我才得知，昨晚的地震居然有 5.1 级，并不是小地震了。

因为这次地震，导致我患上轻度的“震后综合征”，直接影响就是我的生物钟被彻底打乱了。接连几天到凌晨两三点，我都无法入睡。地震过后的第三天凌晨三点多，我正迷迷糊糊地处在半梦半醒之间，突然响起一阵刺耳的警报声。

这次我的反应比地震还夸张，吓得直接从床上弹起并蹦到了地上。(主要原因是警报器就安装在我房间旁边，请大家自行脑补那声音的分贝。) 警报声响了一会儿，接着一个机械男声开始说话：“Pay attention please, there is a fire in this building, please keep clam and go downstairs immediately , please do not use the elevator."

听完这一段后，我的内心其实是崩溃的，难得留在美国过暑假，结果第一个星期，又是地震，又是火灾。真是“福无双至，祸不单行”！然而崩溃归崩溃，赶快撤离才是当务之急。我拿起手机就要往外跑，可转念一想，要是火势很大，最倒霉的肯定是我所处的顶楼这一层，是不是要把重要的东西带着走比较好？我思索了一秒，然后返回房间去找重要的证件和物品。

越忙越会出错，这句话果然是先辈经验之谈，我先是忘记护照放哪里了。好，既然如此，那我就找些值钱的东西带着吧，可我发现自己居然是个“土豪”，稍微值钱的东西还真不止一件，我又开始纠结哪个要带、哪个不要带，手心手背都是肉啊！这时候，警报已经响了五遍。

随着警报和那个机械男声一遍遍地重复，我越发地焦虑和恐惧。一方面是对火灾，另一方面则是对未知的不确定。于是，最后，我脑袋一热，想着电视剧里不都是这么说的吗：“钱财乃身外之物。”干脆什么都没拿，我就匆匆朝安全出口跑去。

在下楼的过程中，我一直不停地向身边的其他住户询问到底发生了什么事，但是他们也都说不清楚。等我跑到一楼，走出安全门，看到楼下已经聚集了七八十个人。我们就像难民一样，狼狈不堪地聚集在楼下。可以很明显地看出，大家都是刚从被窝里爬起来，有的虽头发凌乱，但仍然记得带上自己的宠物狗；有的睡意蒙眬，光着脚就跑了出来；只有站在我旁边的一位女士，动作迅速，训练有素，背着一个塞满了东西的最大 size 的 LV 包包。可见她完成了我未做到的事，把重要的家当都带了出来。

然而，在保持 45 度望天的忧郁风姿势一段时间后，我们仍然没有看到任何火灾的迹象。随后，消防车赶来，火警上楼一一检查并且封锁了电梯和楼梯。又过了一会儿，消防员排查完毕，说没有火灾的情况发生。谢天谢地，我们就这样站在夜晚的冷风中，前后折腾了四十多分钟，最后却虚惊一场，什么火灾也没有。

后来，邻居跟我说，是有人在家里抽烟，被烟雾报警器检测到，认为是火灾，从而自动下达了疏散警报。对于这个有惊无险的事件，我得发表两点“声明”：一是说明我们公寓的安保系统实在太好，堪比互联网上自动生成的敏感词过滤；二是我要强烈谴责在禁烟公寓里抽烟的那位“罪魁祸首”，希望他能够从和谐稳定的社区关系出发，迷途知返，亡羊补牢。

虽然这次地震并没有造成太大危害，火灾也只是个乌龙事件，但这两个事件叠加在一起，带给我的冲击却是巨大的。我意识到，灾难发生得如此猝不及防，没有人能预先知道。其实，平常在学校，每个月校方都会有地震、火灾和龙卷风等相关的演习，我以为在这些灾难面前，因为反复的演练，我完全可以做到不慌不乱的。然而结果却大相径庭。更加讽刺的是，平日里学到的多重逃生办法，反倒使我陷入选择上的困顿，无法在第一时间做出有效的决断和正确的防卫。

可以说，这是我第一次零距离地接触灾难，并直接感受到面对灾难时真实的心态。恐惧，慌张，崩溃，这些都是人在面对意外时，最坦诚也最真实的感情流露。灾难面前，我们唯一能做的，就是如何在短时间内平复自己的负面情绪，并能快速有效地做出反应，尽最大努力将损失降到最小。

与灾难相比，更可怕的是人们对灾难的无知、无能和无备，防灾意识薄弱，才是最大的“灾难”。只有防患于未然，才能消患于无形。

养老院一日记

2017 年年末，我与同学第一次走进美国的养老院，为老人们唱歌，并陪他们聊天。这次养老院体验给我留下了颇为深刻的感受。

得知要去养老院时，我的心情是忐忑的。首先，挑衣服就是个技术活儿。我的内心活动是：毕竟去的是养老院，穿得花枝招展或过于朴素，似乎都不适宜。纠结半天，考虑到圣诞将至，我便选择了比较应景的绿色服装。刚开始还有些担心自己穿得过于夸张，结果到了集合地一看，许多同学都穿着风格统一的圣诞服饰。甚至有位同学全副武装，将自己扮成圣诞老人的模样。

我们此行的目的比较简单，主要是为老人唱圣诞祝福歌。为了不影响我们学校合唱队在加州那么多年形成的“江湖声誉”，我们首先在校体育馆进行了简单的排练。之后，一行二十余人便向洛杉矶郊外的养老院出发。

虽然之前我听说，美国的养老院条件不错，但百闻不如一见，今天算是亲眼得到了证实。当汽车缓缓驶入养老院时，我的第一感觉是它更像一个小庄园。房子是一个圆顶建筑，屋顶上还有象征宗教的十

字架。除去建筑，其余平地全部由草地和花坛拼接而成。养老院内各种设施完备，每个房间有两张床位，对于一些需要静养或者病情严重的老人，还设有单间。令人感叹的是，他们在房间布置上花了不少心思。比如，一些房间因为两个奶奶住，墙壁特地被涂成了温馨的紫罗兰色或淡粉色。

除了硬件设施，软件条件也值得称道。在这所养老院，每五个病房边上就会有一个护士站。站里的护工轮流上班，24 小时照顾这些老人。说到这里，我不禁要为这些护工点个赞。可能是环境等的因素，也有一些老人精神上存有障碍，说话也含糊不清，然而护工们却极有耐心地倾听，并能准确理解他们的意思。

也许是在养老院的缘故，周围的空气似乎也变得格外敏感和小心翼翼。而哭，成了这敏感之地一个必要的宣泄渠道。整整一天，我见到也流了太多太多的眼泪。我们抵达养老院的第一件事，就是给已经聚集在大厅的老人唱圣诞歌曲。第一首音乐响起，我看到坐在正中轮椅上的老人突然掩面哭泣起来，很快周围又陆陆续续地传来了老人们的抽泣声。当我们来到二楼病房，给一些卧病在床的老人挨个唱歌时，许多老人和老师也都哭了。

而我，终不能免俗地哭了起来。当时，我们正在给一个刚刚由护工帮助洗完头出来的老奶奶唱歌。在我们唱歌的时候，她一直将白毛巾搭在脸上，一言不发。因为我离她最近，所以我仍能看到她抽搐的嘴角。之后，她指了指地上，嘴里不知在喃喃些什么。护工来了，我们才明白，她的毯子掉了。我顺着毯子，看到她裸露在外的小腿。也许是长时间不运动，已经有些萎缩，腿上几乎看不到肌肉，只有老去的皮肤紧紧地包着骨头。我起初还在努力克制，但当我看到老奶奶的腿时，我实在无法掩饰内心的难过，眼泪瞬时流了下来。

周围的同学看到后，纷纷过来安慰，以为我想起了什么类似的事情。然而，事实恰恰相反。正因为我从未经历过亲人离世，才让我一直忽略死亡的存在。在东方人的观念中，死亡一直是个讳莫如深的话题。一般不到万不得已，是不会主动讨论这样的字眼的，避之唯恐不及。

看到长辈们身体健康，至于自己正值花样年华，连有皱纹这种事都无法忍受，要如何接受容颜渐老、死亡降临这些事实呢？一切似乎都很遥远。

所以，当我头一次正视死亡，头一次抛开同情，平等地、认真地观察每一位在这个养老院的老人时，我发现，即便是在养老院这样局促的空间里，人与人的差距也十分明显。一些老人，仍然保持着阅读的习惯，积极地面对生活；一些老人，双眼空洞，精神出现错乱。虽然这是一次猝不及防的对死亡的正视，但正视的结果，并没有让我产生消极厌世的情绪。

回家的路上，我在思考。因为在大部分亚洲国家，特别是中国，都有子女赡养父母等长辈的传统。如果有人要将父母送去养老院，即便有再多正当的理由，仍然会被其他人诟病，认为他忤逆不孝。然而，在西方国家里，由于人们的观念不同，许多老人到了一定岁数，行动和思维开始迟缓，就自觉自愿地住进养老院，以便接受护工们更好的照顾。

虽然西方的主流观念如此，但是这些子女是否能够体察老人内心的孤单？以我今天的经历为例，节假日主动来看望老人的子女并不是很多。仅仅在这一天，我已经看到不下十位老人的泪水了。

虽然我不知道他们在哭泣什么，为谁而哭，但毋庸置疑，这泪水并不仅仅是被我们的歌声所感动，更是触景生情的伤心之泪。所以说，年青一代如何用更好的方式，去温暖老人孤寂的内心，仍是一个全世界需要共同关注的话题。

The last bookstore孤单又灿烂

作为富有气质的女文青，我的旅行习惯是，除浏览该地“导游推荐必去景点”外，我也总下意识地去寻找当地的特色书店。虽然国内外的书店我去过不少，其中有品位的也不在少数，但给我最大惊喜的还是 The last bookstore。

The last bookstore 位于洛杉矶市中心，书店并没有醒目的标识，只在门口放了一个写着书店名字的黄色牌子做引导。所以第一次去时，很容易因为没看到指示店招牌而不小心错过。当我踏进书店，首先看到的是那别具一格的收银台，The last bookstore 的收银台全部由书搭起来。视线从收银台向外延伸，整个书店便映入眼帘。

The last bookstore 给我的第一直观感受，除了大，还是大。它是加州最大的独立书店，在 1500 平方米内，有近 15 万册的藏书。书的种类繁多，包括经典名著、现代文学、摄影、音乐、艺术、建筑等。

我也曾去过旧金山被誉为“垮掉的一代”文化符号的城市之光书店，虽然店堂面积有限，但功能陈设上倒也“五脏俱全”。不过在如此狭小拥挤的空间里挑书，总让我感到些许尴尬和局促。而那些微妙的不适，在 The last bookstore 消失殆尽。你尽可以自由地在书架与书架之间奔跑穿梭，从容挑选。然后在自己喜欢的一隅，或坐或躺，享受与书为伴的静谧时光。

The last bookstore 作为全世界最美的 20 家书店之一，如果仅仅用“大”来概括，是远远不够的。The last bookstore 纵有一千多平方米的大空间，却没有丝毫浪费。她的美体现在那些让人禁不住叫出声的细节上。书店习惯用各种意识形态的艺术品在墙壁上做装饰，风景照、画作，甚至毛线、砖头、弹珠等“千奇百怪”的东西，都可能出现在墙壁上。另外，The last bookstore 十分喜欢让人在挑书的同时，于不经意间收获惊喜。当你逛着逛着，面前可能就会出现一座由书堆砌而成的拱形“桥洞”；再往前走，你可能又会在转角处看到

一个夸张的留声机，一堆倒挂着的放大镜，一个报纸做的假人……即便在这里待上一天，人们也不会觉得枯燥乏味。

更为特别的，The last bookstore 是一个名副其实的二手书店，这里超过 90% 的书都是旧书。我一直认为，旧书有旧书独特的味道，相比未开封的新书，我甚至更偏爱二手书。试想，当你可能花费数小时，淘到一本自己爱不释手的二手书时，那种不期而遇的邂逅，足够令你怦然心动。

在 The last bookstore，设有一个小小的藏书室。与外面现代化、前卫的装饰风格不同，藏书室更像是二十世纪人家的书房。不大的空间里，光线昏暗朦胧，仅有一盏煤油灯作为光源。而在这里出现的书，大部分都有百年以上的历史。泛黄的纸页，晦涩的文字，每本老书都有自己的独家记忆。当你打开一本书，似乎穿越到另一个时代，尘封的故事就这样慢慢地复活。书页翻动间，甚至能闻到那只有老书才会散发出的淡淡霉味。

The last bookstore 卓有影响的另一个原因，则是它的物美价廉。因为美国书籍昂贵，尤其是教科书和艺术类图书，随便一本动辄上百美元。然而在 The last bookstore，这些书不仅都有出售，价格也远远低于原价。至于那些普通的小说，平均只需花费五美元，就可以抱回家了。

在这琳琅满目的饕餮盛宴中，The last bookstore 同样致力于关注音乐。书店有一块区域，专门出售黑胶唱片，并按照年代和音乐家排名，黑胶唱片的发烧友们，很有可能在这里找到珍贵的限量唱片。每周一，书店都会开展“open mic”——音乐现场或诗歌朗诵会。隔

一段时间，摇滚音乐会、作家见面会等不定期活动，也会在此举行。我曾经看过一个报道，当记者问到店主 Josh Spencer 开 The last bookstore 的原因，他的回答令我记忆犹新，“我总是期待着有一个地方，可以将书、杂志、音乐、人交融在一起”。

他的确做到了！

十年前，我曾听到这样的声音，说当代人经历的是快餐文化，电视将取代书本。现如今，又有网络取代电视的趋势，传统的纸媒出版，只能在夹缝中生存。如果你留心观察，会发现，在国内除了新华书店越开越多之外，那些独立书店在慢慢从人们的生活中隐退。我曾经收到过一沓明信片，上面介绍了中国最美的 100 个书店。然而才过去几年光景，其中不少独立书店已经关门谢客了。

可是，纸媒的落寞和独立书店的消失，真的仅仅因为网络的冲击吗？也许，当代人对于书本和文化的普遍漠视才是罪魁祸首。即便是前阵子大热的诚品书店，也出现了一些人在此拍照留念，吃饭聊天，顺便蹭 Wi-Fi，但就是不买书的尴尬。

我们需要独立书店，不仅因为它们丰富了城市的文化空间，最重要的是，它们可以滋养心灵，美化灵魂。正如今天介绍的 The last bookstore 一样，仍有独立书店在城市中坚守，它们的存在，孤单又灿烂。

杭廷顿图书馆

某日闲暇，我窝在家中将纪录片《园林》观看了一遍，大受触动。看完之后，我立即从被窝里蹦跶出来，奔至电脑前搜索我周围的园林。页面上出现的第一条就是 Huntington Library，于是我拍案而起，就是它了！我又想，择日不如撞日，于是我又拍案而起，就今天了！

所以，我就这么神速地开始了 Huntington Library 之旅。

Huntington Library 占地 207 亩，是百万富豪兼艺术收藏家杭廷顿的私产，该地分为美术馆、植物园及图书馆三大区域。

刚一踏进 Huntington Library，面前就是一个开阔的大草坪。穿过大草坪向左转，美术馆和图书馆就出现了。这是一栋两层楼的白色建筑，四周的延伸台面都由汉白玉砌成，十分宽敞宏伟。原先这里是杭廷顿先生的住所，现在还保留着他使用过的宴会厅和会议室；其余空间则被划分为美术馆和图书馆。美术馆内展出欧洲文艺复兴时期的绘画，十八世纪的雕塑、织锦、瓷器及家具等。图书馆内的藏书量也非常惊人，足有六十多万册。

然而，千万不要被 Huntington Library 的名字所“误导”，要我说，Huntington Library 里所占面积最大且影响力最远的，一定非植物园莫属。

植物园内共有 14 000 种广袤丰盛、美不胜收的林木花草，这当然是资料显示的。但是我通过自身体验，完全可以负责任地说这句话真实可信。放眼望去，整个园林都被各种绿色植物覆盖，即便是最不起眼的一条小径，也可能蕴藏着足够让人惊喜出声的独特魅力。在欣赏大自然的同时，鼻子也千万不能闲着，多做做深呼吸！（放心，在 Huntington Library，你的鼻子能吸到雾霾和尾气的概率为零。）一路走来，你可以闻到绿油油的青草和不知名的小花混合的清香；可以嗅出橘子、橙子、柚子成长时溢出来的果香；还可以闻出松子成熟落

地时浓郁的松香……

园内植物众多，依照生长类别，植物园规划出玫瑰园、中国园、日本园、茶花园等十二区，每一区分别代表着世界某个角落的国家的林木特色。其中，给我印象最深的分别是日本园和沙漠花园。

先说说日本园。沿着玫瑰园中央的花廊一直走，尽头似乎没有路了，只有角落里一扇洞开的木制小门。然而，当我怀着疑惑和不安的心情从这扇小门迈进去，竟是柳暗花明又一村。在我眼前，一个错落有致、曲折蜿蜒的日式村庄出现了。就我这个外行人看来，这里的日本园布置得“很日本”。

园里多假山、拱桥和小溪，弯弯绕绕，层层叠叠。我甚至看到了枯山水和几十个盆景作品。每走大约三十步，就会出现一把长椅。这些长椅都被放置在最方便看到美景的位置，供游人们观景休息。虽然才早春二月，但因为洛杉矶气候较暖，日本园里种植的樱花全部怒放，漫步其间，似锦嫣红盈媚眼，幽香淡淡逗蜂癫。

沙漠花园给人的感受则截然不同。如果说日本园是简约精致的含蓄之美，那么沙漠花园体现出的则是那最原始、最赤裸裸的生命力。刚一踏进沙漠花园，我不由自主地倒吸了一口凉气。出现在我眼前的，是那一群群如小山一般大小的仙人掌。仙人掌我见过不少，但是如此之多、如此之大的仙人掌群，却是头一次看到。这些数以百计的仙人掌，大部分有三四米高。

除此之外，沙漠花园里还长着其他奇形怪状的多肉植物。之所以说是奇形怪状，实在是因为这些植物的生长不按套路出牌。有的浑身长满刺，有的枝条像怪兽的触手一般，扭曲着向外伸展，有的开着恐怖的花朵……但即便如此，我非但不反感，反倒觉得可爱。因为，它们生长得如此肆无忌惮。一如我们曾经经历过抑或是被扼杀掉的无所畏惧的青春岁月。

我在 Huntington Library 里逗留了四个小时，手机第一次拍到内存不够，可见收获颇丰。惊喜之余，我多有遗憾。因为即将高中毕业，大学有可能不在洛杉矶甚至加州，Huntington Library 似乎与我渐行渐远。回去的途中，我数次发出“我怎么没有早点儿来这里”的感叹。

其实杭廷顿图书馆离我在洛杉矶的住处并不远，我也早闻它的大名。然而三年多来，与其照面还是首次。此前，我也对朋友提出过去

Huntington Library 游玩的建议，但是大家对去一个图书馆闲逛兴致不高。

然而，我知道，这并不是一个令人信服的借口，也不是可以使我宽慰的理由。

或许人生从来就没有错过，只是机缘未到而已。想到这里，我的内心多少有些释怀。

韩国文化院

一直以来，我都是个闲不住的人。

大学学业虽然繁忙，但许是文科的缘故，只要不是论文扎堆要交的截止日，一周里面总有那么两天，我处于“游手好闲”的“待机”状态。只不过，“岁月静好”的日子过不了多久，我的内心总会莫名地挣扎，反思自己为什么会如此百无聊赖。

正是在这种情况下，我萌生了学习一门外语的念头。

那么，到底学什么语言好呢？

西班牙语是第一个蹦入我脑中的选项。高中时，我曾学过一年的西班牙语，勉强算得上有些基础。只是，很快，我就放弃了继续学习西班牙语的念头。原因有二：一是我的西班牙语基本可以被界定为“哑巴外语”，应付考试还行，日常交流就会暴露发音上的诸多问题。稍微对欧洲语系有些了解的人都知道，西班牙语包括诸多其他欧洲的小语种，发音时会频繁用到卷舌音。然而，我在学习西班牙语的一年中，虽然很努力，却始终发不出卷舌音准来，这也使我的西班牙语说得非常不地道。二是我对西班牙语缺乏兴致，基本上平时也不太会主动接触。“成见”如此之深，当然也就不可能“再续前缘”。

短暂纠结后，出于地缘因素的偏好，我还是觉得对亚洲语种比较有感觉，最终决定选择韩语，并计划每周抽出一定时间，去语言机构专心学习。

其实，大学里面也开设有不同语种的语言课，这是因为一些专业，比如说新闻传媒和商科，语种上有特殊要求。但对于没有专业语言要求的学生，在大学里面修外语，客观上并不十分合适。为什么这么说呢？一是因为学习外语是个漫长的过程，这也意味着，每学期你都要预留一个空位给语言课，对于学分要求比较严格的专业，和想要提前毕业的同学而言，时间上几乎很难平衡。二是众所周知，美国的学费是按照学分来算的。以我就读的学校为例，一个学分 2000 美元，语言课一般四个学分。如果在学校上语言课，一个学期要交 8000 美元。价格如此昂贵，显然有违经济学法则。

在洛杉矶学习韩语，乍听起来不可思议，但了解后发现，在美国多元文化的环境下，教授亚洲语种的机构，包括中文、日语、韩语的并不少。我现在上课的地方叫作 Korean Cultural Center，是朋友无意中发现的一家韩语机构。它的课程分成春季、夏季和秋季，每个课程的课时都是 12 星期，一个星期上一节课，统一安排在周二晚上 7 点到 9 点。无论从课程的节奏和时间来看，对我都很合适。于是在大一开学之初，我正式开始了韩语的学习。

Korean Cultural Center 采用分级教学，分成初、中、高级，每个级别还有细分。比如说，初级又分成 Basic A、B、C 三类。照道理，作为毫无基础的“小白”，我应该从最基础的发音开始，但由于韩语的发音比较简单，相较中文的“四声”，韩语只有一个声调。我很快掌握了其发音技巧，并顺利跳了一级，成为 Basic B 的在读生。由于我上的课程等级不高，所以听课人数较多，基本上有 30~40 人；级别越往上，人数越少，差不多每节课 10 个人左右。Basic B 算是入门级，并不很难，内容大都是一些日常对话、简单语法、词汇和单词的各种变形组成。

教我们韩语的，是一个很可爱的韩裔女老师。她的英语和韩语，说得都非常棒，不会出现我起初担心的口音问题。有趣的是，老师对中文和日语也有一些了解，她经常教着教着韩语，突然比较起这个单词相对应的中文和日语的发音。老师在课堂上强调说，大约一半的韩语，都是从中文延伸出来的，另外 10% 的外来词，来自英文。

再说说 Korean Cultural Center 的外观。一楼由一个小型图书馆和艺术展览馆组成。图书馆里放置了一些韩语书籍，学生的入学考试也在这里完成。艺术展览馆其实是一个开放空间，里面陈列了许多具有韩国民族特色的物件，譬如韩服、传统茶具、碗筷等；走廊墙壁上也贴满了英文和韩文对照的说明和注解。二楼、三楼则是教学空间，其中大大小小的教室，加起来也有十几间，规模算得上很大了。

Korean Cultural Center 中文译文是“韩国文化院”，起初我还疑惑语言机构怎么可以如此“气派”。毕竟，该地段房价高昂，后来发现它其实是韩国政府在美国的官方文化中心。Korean Cultural Center 并不以营利为目的，因此，它的学费便宜到不可思议，12 星期的课程只收 80 美元（约 500 元人民币）。每次上课前一个小时，文化院都会在大厅摆放韩式料理，给陆续到达的学生当免费晚餐。

此外，它还定期举办大型活动和讲座，给美国人介绍韩国传统文化、茶道和流行音乐等。最近文化院的活动主题是平昌冬奥会。在冬奥会正式举办前的三个月里，文化院的走廊包括墙壁上，贴满了此次冬奥会的介绍和大家手写的影讯；公共电视和显示屏上，也循环播放着冬奥会的视频。通过语言、食物、文化、娱乐等各个方面，Korean Cultural Center 尽最大可能地宣传韩国。

或许是地理和文化背景等的差异，使得东西方的交流总是天然存在着隔阂，但隔阂并不是无法跨越的鸿沟。在 Korean Cultural Center 学习之余，我一直在思考，究竟何种方式才可以真正有效地输出文化，达臻消弭歧见、减少隔阂的目的。我觉得 Korean Cultural Center 模式，算得上是增进了解、加强跨国沟通的正面典型。

来 Korean Cultural Center 上课前，在我想象中，学习韩语的大部分人，当以亚裔年轻人为主吧？然而，出乎意料的是，对韩语是否感兴趣，完全不受所谓种族与年龄的约束。甚至我的课上只有寥寥几张亚洲人的面孔，大部分学生都是已届中年和业已退休的非亚裔人种。一位中年黑人男子是我所在课堂的积极分子。每次来到教室，他都用他不甚标准的韩语，跟大家挨个儿打招呼；但凡老师上课抛出问题，他也热情回应。你不妨想象一下这样的画面，一个中年黑人张口闭口都是韩语，多么让人感到新鲜和惊艳。

还有一位 80 岁上下的白人女士，也给我留下深刻的印象，这主要因为她爽朗的笑声。每次老师讲到有意思的话题和说了些有点搞笑的韩语单词时，她都会“咯咯咯”地笑个不停。同学们十分喜欢这个笑呵呵的老太太，年轻人也非常乐意与她互动交流。在来美国将近五年的时间里，Korean Cultural Center 第一次使我真正感受到多元文化的融合。在这里，学生可以是白发苍苍的老人，西装革履的中年人，时尚新潮的“白妹”。这些背景不同、个性鲜明的独立个体，在韩国文化的集结下，自由跨越语言的樊篱。

由于年龄、人种、性别各不相同，大家学习韩语的理由也是五花八门。其中，不乏因为个人喜好来学韩语，但除此之外，大致上还有三类：一些人，尤其是年青一代，学习韩语的动力，源于所谓“韩流”文化，譬如喜爱某部韩剧或者韩流组合。还有一部分人，则是因为工作需要，比如说上司是韩国人，或者工作上与韩国往来密切等。另外，因为自己的另一半是韩国人，从而想要了解韩国、学习韩语的也不在少数。我的同桌，一位来自南美的小哥，给出的理由最实在："因为我实在太喜欢韩国 BBQ 了！"

到现在，我学韩语已经有三个月了。当初这个想法受到不少人的反对，其中包括我的家人和朋友。"韩语一点用也没有""语言太难学了"这样的话语，一直伴随在我的耳边。单词记不住，发音变形一错再错，口语毫无进步，无数次的气馁，都曾让我萌生退意。好在，万事开头难，渐渐地，我不再一看到韩语就感到头大。时间的沉淀，让一切也变得从容和游刃有余。偶尔去韩国城，看到标牌上的韩国字，我也会"炫耀"地问朋友："要不要读给你听听？"其实，成功哪有什么捷径，所有的事情都不可能一蹴而就。

记得推特上有一则信息，给我很大触动。当被问到一辈子最后悔的事情是什么时，一个 90 岁的日本老太太说："在我 60 岁时，放弃了想要学习小提琴的梦想，因为当初觉得太晚了。如果我没有放弃，我的琴龄已经 30 年了。"

学韩语从一开始的无聊乏味，到后来渐渐获得乐趣，坚持的魅力就此展现。

驾驶执照

我拿到美国驾驶执照已经一年多了。

美国各州对于驾驶年龄的规定不尽相同，以加州为例，年满16岁并通过相关驾驶考试即可合法开车。只不过，考虑到16岁年纪较小，所以，未成年人考驾照，要求也会更多，过程也更漫长。他们（16周岁~18周岁）必须先在驾驶学校或者网络上学习约6个月的驾驶课程，完成了相关的学习之后，才有资格参加后续的考试。

为了跳过这个冗长的步骤，我一直等到18岁生日过后才开始练习开车。相比中国，美国考驾照要简单和省力不少。不需要特意到驾驶学校进行系统和封闭的训练。只要通过笔试和路考，就可以直接拿驾照了，并且这些都可以利用闲暇时间完成。

先说笔试。英文的笔试是46道题，容错率为8个，题目都是从电脑题库中随机抽取的。笔试前两周，考生需要在DMV的官网上预约，选择考场和时间。在每个DMV考点大厅，放有许多不同语言的驾驶手册，供备考者学习。笔试题目中所涉及的知识信息，也都来自驾驶手册。所以，只要你认真翻阅了驾驶手册，笔试通过的概率是很大的。即便第一次没有通过，之后还可继续预约，直到通过为止。

另外，在美国多元文化的背景下，像洛杉矶这样的移民城市，DMV 提供各种语言的笔试，包括西班牙语、中文、日语、法语、韩语等。如果选择用中文来笔试，难度系数又会大大降低。这是因为中文题目加起来一共约 200 道，在网上都可以直接找到这些题目。并且，考试使用纸质的答卷（需要手写），而不像机考英文试题。所以，很多中国人只看网络上的题库就能轻松通过笔试了。这些便利，当然让我毫不犹豫地选择了中文笔试，但出于对考试的天然敬畏，我除了网上的题库外，还是认认真真将官方提供的驾驶手册看了两遍。

笔试轻而易举便通过了。之后，我拿到了驾驶的 permit，即允许上路练习的许可证。接下来的路考，才是真正的挑战。因为我没有任何开车的经验，正式路考前，我差不多上了九节驾驶课，整个过程持续了两个多月。前四节课上，教练带着我先在小区转悠；之后三节课再到 local 路上练习；最后两节课，去考场熟悉行车路线。正式路考时，每个考场会有三个路线，考官会选择其中一个路线让你开。

我一直觉得，美国的路考，运气成分占比挺大。即使准备得再充分，遇到马路上各种各样的突发事件，你都有可能因为处理失当而挂科。说来有些汗颜，我路考考了两次。第一次不予通过的理由，也让我有些无措。按道理来讲，只要不犯大错，譬如换道没有打指示灯、闯红灯、压线（这类错误是立即 fail 的），因其他小错被扣的分数不超过 15 分，就算通过路考。然而，我第一次路考戏剧性地被扣了 16 分，在这 16 分里，大都是因为拐弯角度不对，弯转得太急或太慢，以及车速的问题。 第二次考试时，我格外注意了上述那些问题，

才顺利地通过路考并拿到驾照。

教练告诉我，很多国内来的“老司机”，来美国后反倒变得不会开车了。这是由于美国的一些交通规则与中国有显著差异。许多刚到美国的中国人，最不适应在小区开车。小区里有非常多的十字路口，只要看到红色的 STOP 标志，无论有没有行人，汽车都需要在路口停下，3 秒之后才可通过。一些人认为在路口刹车和减速没有必要。这不是没有人嘛，我为什么要停下来呢？一旦目测没有行人，他们便不做停留，呼啸而去。事实上，这种做法非常危险。

在美国，车让行人先走是必须遵守的规则。因为，在路权的分配上，行人享有优先权，这样的习惯使然，行人在通过路口时，基本上不会左右打量，也不用“瞻前顾后”。所以，倘若司机没有遵守交通规则，就会造成极其严重的交通事故。另外，小区里限速 25 迈，算是比较慢的速度了。虽然美国没有检测车速的摄像头，但是警察却神出鬼没。我的一位朋友在小区里开到 40 迈，立即就被不知从何处窜出来的警察逮到，吃了罚单。

拿到驾照后，我很快买了辆二手丰田车。由于平时上学近在咫尺，并不需要用车代步，所以，车子买了很久，一直安安静静地放在车库。直到最近，我偶然发现，因长久不开，汽车胎压竟显示不足了。于是，在拿到美国驾照一周年之际，我才被“逼迫”着开车上路。

如果要谈谈这几个月开车的心得，最让我崩溃的，应该就是停车和高速驾驶了。先说停车，美国路考只考路边倒车，不考停车入库，这虽然给考试降低了难度，却给我实际生活中停车带来困难。每次将车开出门，我最害怕的不是在路上行驶，而是等到了目的地考虑该怎么停车。记得拿到驾照后的第一次出行，当时，要到学校附近的 Ralph 超市购物，我很顺利地开了过去，停车却让我犯难了。一直调整不好角度，在原地倒车、开进去、再倒出来，足足折腾了十来分钟。最后，停倒是停进去了，只是占了两个车位。 好在，经过两个月的屡败屡战，我现在终于摘掉了“典型女司机”的帽子，停车也没有任何问题了。

有过在洛杉矶生活经验的人，大概都知道，只要去远一点的地方，总要上高速路。高速路也多设在离居民区开车 5~10 分钟即可到达的地方，方便大家出行。虽然高速便捷快速，但刚刚拿到驾照的新手们，普遍不敢上高速路。通常情况下，我宁愿走慢一些的 local，不到万不得已，不会将车开到高速路上去。我惧怕开高速的原因，是高速路上汽车的速度实在太快了。虽然高速限速 55 迈，但事实上，大部分驾驶速度都远远大于这个限速。车流量较少的情况下，开到80迈也是常有的事。试想一下，当我以正常的车速行进在高速路上，一辆辆车都以“迅雷不及掩耳之势”从旁边呼啸而过，我自然是手脚蜷缩，颤颤巍巍了。

当然，和美国比起来，中国开车也有其猛。比如说，美国猛在速度，中国则猛在出其不意，显然，后者更折磨人。即便好好地在自己的车道上开着，下一秒，不知从何处窜出来的汽车、电动车和行人，与你不期而遇了。可惜，这种“邂逅”并不美好，让我无所适从。

习惯了美国的开车方式，基本上不知道该怎么在中国开车。每每回国坐车，我都会控制不住尖叫，刺激等级堪比过山车。前阵子，我在国内开车，开着开着，右边冷不丁窜出来一辆电动车，“落落大方”地占着我的车道，我只得慢吞吞跟在后面。我刚想变道，还未有所行动，左边一辆汽车，没有打转向灯，斜刺着插进来，与我开始了车道的“抢夺”。右转时，我让另一个方向直行的车子先走，结果，被后面开车的鸣喇叭一通猛催。好不容易到了目的地，坐在副驾驶位置的妈妈睨了我一眼，说：“像你这种开法，一天都开不到家。”

同在美国念书的朋友，打算近期去考中国驾照，中国留学生回国后，凭美国驾照，只要过了科目一即可换中国驾照。

朋友问我在中国开车有什么感受，我想了想，答道：“反正，近期我不太敢在中国开车。”

跳蚤市场与二手商店

从小到大，我十分喜欢逛跳蚤市场。

第一次接触跳蚤市场，大约是在小学二年级。

为了丰富小学生的课余生活，本着“德智体美劳”全面发展的原则，学校突然宣布举办本校第一届跳蚤市场。为什么说是突然呢？因为在我的记忆里，并没有关于这个活动前期准备的任何印象。只是在某一天，老师在讲台上说：“同学们，我们等一下到操场上参加跳蚤市场啦！”下一秒，我就迷迷糊糊地被拉到操场上。

彼时，操场已被高年级同学的摊位占满。他们将几张报纸、桌布或者塑料袋铺在地上，这样，一个简易的摊位便成形了。接着，他们再从包里掏出各自带来的“二手商品”，小心谨慎地放在上面。

因为是第一次举办，所有人都有些慌里慌张、不知所措。一会儿摊位被吹走了，一会儿钱找不开了，状况百出、事故频仍。后来再举行跳蚤市场，大家明显从容了许多。卖方会制作醒目的海报招揽生意；买方也会非常老到地讨价还价，已然是个正儿八经的交易场所了。我也总结出一套“购物经”。当看中某个商品时，不要急于买下，而是在一旁等着。由于我从小口味独特，喜欢的东西一般无人问津。所以，等到跳蚤市场快要收摊时出手，经常有额外的收获。我记得最成功的战绩是，只花了五块钱，买了十多本《故事会》。

大家带到跳蚤市场卖的东西，也千奇百怪，从中规中矩的课外书、文具，到戒指、糖果、国外的明信片，有我见过的，也有我从未看过的，应有尽有。甚至，有位同学一本正经地摆摊卖“钱”。他将家里多余的美金零钱带了过来，挨个儿明码标价。记得那是我第一次见到外国的硬币，感到非常新奇，遂花五毛钱买了一枚硬币。后来硬币丢了，我还惦记了很久。出国后恍然大悟，当时买下的是一分美金（约六分人民币）。我用五毛人民币买了一分美金，只能叹一声“商贩无良”了。

跳蚤市场初次试水便大获成功，一跃成为学校一年一度的保留活动。直至毕业，此后每一届跳蚤市场，我都没有缺席。我也曾试图做个“有道德的商人”，但事实证明，我明显不是这块料。我把家里一个价值不菲的小工艺品，软硬兼施亏本放血也才卖了三块钱。因为那次失败的从商经历，我更热衷于逛跳蚤市场买“宝贝”。我固执地将我冲动购物的行为称为“淘宝”。每每活动结束后，都会向家人炫耀我淘来的宝贝：给妈妈买一个草编的工艺品，3 块钱；给爸爸买一个金色的船模，5 块钱……

所以，每到举办跳蚤市场的日子，都是我喜不自禁的购物狂欢。我以每十分钟瞄一眼窗户的频率，时刻关注着窗外操场上的一举一动。当看到操场上开始变得花花绿绿一片，我便欢快地跑出教室，一头扎进跳蚤市场的小商品海洋。一会儿摸摸这个摊位的玩具，一会儿

看看那个摊位的故事书，开心程度不亚于小学期间得到“三好学生”的荣誉。现在想来，小学时的跳蚤市场，最为简陋，却予我无限欢乐。为什么那时候如此喜欢？恐怕也不是不用上课这么简单。那时的跳蚤市场，似乎是一个窗口，可以让小小的、单调的我，透过熙熙攘攘的人群，窥探到光怪陆离的世界吧。

“跳蚤市场”为英文“Flea Market”的直译，是西方国家对旧货地摊市场的别称。既然兴起于西方，来到美国后，我自然没有错过各种逛跳蚤市场的机会。比起中国的跳蚤市场来，美国的跳蚤市场种类更多，规模也更大。小到耳钉、戒指等配饰，大到电视机、打字机、油画、雕塑，跳蚤市场上一应俱全。

位于 Pasadena 市的玫瑰碗跳蚤市场，是我最近常去的一家。玫瑰碗跳蚤市场，拥有“全球三大跳蚤市场之一”的别号，可容纳 2000 多名小贩。规模庞大，花上一天都逛不完。跳蚤市场内，按商品种类分为古玩区、收藏区、时尚区等。入门处提供地图导览，方便人们查询。尽管小贩众多，人流量大，但秩序井然，顾客们很容易找到自己需要的商品。

玫瑰碗跳蚤市场有许多摊位贩卖古玩，比如二十世纪的午餐盒、胶卷机、雕塑、花瓶等。且价格不贵，花一百多美元，就可以买到一个打字机。这些在商店里买不到的旧式珍稀品，吸引了许多喜爱古玩的人们。玫瑰碗跳蚤市场需要买票进入，门票通常是 8 美元，但如果担心自己喜爱的商品被他人买走，可选择支付 15 美元提前入场。我并不是古玩行家，也没有疯狂想买的商品，但就在不经意的闲逛中，我倒是发现了许多新奇的玩意儿。在一个摊位前，老板得知我是中国人，便十分热情地拿出一个物件，让我猜猜这是什么。我看着那个圆柱状的“短棍”摇了摇头，老板得意地告诉我，这是清朝中国人用的“烟枪”。

最近一次逛跳蚤市场，因没有朋友愿意同行，所以我只能拉着父母前往。父母第一次接触跳蚤市场，对摊位上的工艺品尤其喜欢，于是一路买买买。逛了三个小时，我和妈妈实在走不动了，但爸爸仍然兴致高涨，于是他自己一个人继续“扫街”。因为爸爸的英文很不怎么样（这是委婉的说法，你懂的），我很担心他无法和商贩沟通。但事实证明，我大错特错。

到了约定的集合时间，远远地，便看到爸爸一只手拎满了大包小包，肩膀上还扛着一个雕塑，春风满面地朝我们走来。我连忙询问，他是怎么跟摊主交流的，爸爸喘了口气，开心地说：“幸亏你没来，否则就拖我后腿了，因为你肯定不好意思这么砍价。”据他形容，每看中一个物品，他先示意卖方在计算器上输上价格，然后在这个基础上砍掉一半。对方自然不同意，于是双方进行一番肢体语言的讨价还价。要是还不同意，他便将“I am from China. We are friends”重复若干遍。

虽然我不明白“I am from China”和砍价有何关联，但这招屡试不爽。有超过半数的商家，同意以优惠的价格把商品卖给爸爸。爸爸坚持认为，这是美利坚人民被其发表的“中美友谊万岁”的话语所打动，我倒是觉得卖家“哪里来的大傻子，还是卖给他吧”的内心戏更占上风。除了感叹中国人的砍价能力名不虚传，这也侧面反映了跳蚤市场上的新奇玩意儿令我们大开眼界，不肯罢手。

在美国几乎每个城市都会定期举办跳蚤市场，小型的每周一次，大型的一月一次。跳蚤市场举办得如此频繁，追根溯源，是美国人热衷使用二手商品的体现。

二手商品文化根深蒂固于美国社会，且伴随着美国人的成长之路。小时候穿哥哥姐姐穿过的衣服；学校里用二手的书籍；到了能开车的年纪，也是买二手车居多。我的高中要求学生穿校服，校服店里甚至提供二手的来卖。

值得一提的是，在网上购买二手商品，商家会花上寥寥数笔，描述该商品的保存状态，以保障二手商品的质量。试想一下，只需花上一半甚至更少的钱，就可以买到与全新质量相差无几的东西，何乐不为呢？因此，美国人从小就使用二手物品，他们不觉得使用二手商品有什么奇怪的地方，也不存在用旧东西丢面子的说法。

美国二手商店林林总总，遍布城市每个角落。比如，在洛杉矶市中心，有一条街全部是二手商品店。店里卖的东西同跳蚤市场差不多，只不过分类更加明确。除了古玩店，不乏倒卖名牌包包、衣物、饰品的二手店。

虽然我喜欢购买店铺中充满年代感的包包，抑或是三四十年前的胶卷相机，但从不买二手的奢侈品。如果忽略了二手商品本身的积淀与魅力，仅仅抱着买便宜一点的奢侈品，出去“炫富”的目的，我想，这多少违背了二手文化的初衷和精神。

在我看来，除了价格上的优势，二手商品应当具有更加深刻的意义。翻开二手书籍，斑驳的纸张、褪色的文字背后，你能感受到不同时代的思想的碰撞；把玩古物和工艺品，穿越几十年甚至几百年的岁月沧桑，双方在各自平行的世界里产生交集……这些具有年代感的物品，不会随着时代更迭而消失，这既是每一代商品的使命，更是某种文化的传承与延续。

二十世纪五六十年代，中国出现了“破四旧”之风，大部分与文化相关的东西，不是付之一炬，就是流失海外。甚至当初生活中稀松平常的小物品，如今也难觅踪影。长辈们回忆过往，常常以“当初”起头，以“再也找不到了”结尾，话语背后，是挥之不去的文化断层和满腹遗憾。

近年来，愈来愈多的年轻人开始有意识地去逛跳蚤市场，并开始琢磨起二手商品来。重拾旧时记忆，无论从哪一方面看，都是一个好信号。

未婚生子

最近放圣诞假，我赋闲在家“葛优瘫”，无所事事之余，倒是翻看了不少近两年来有趣的文章。其中,《纽约时报》在2016年登出的一篇文章给我留下深刻的印象。文章指出，未婚生子已成为美国年轻人的“新常态”。美国“千禧一代”更倾向于先要孩子，并将结婚的计划无限期推后。

我算是个墨守成规的人，在我看来，“未婚生子”这个行为有些出格。周围的朋友大都同我三观相仿，因此即便身处美国，我的交际圈中也从未出现过“未婚生子”这类现象。我对这话题不多的了解，大多源于网上无意浏览到的新闻边角料。而它们，通常出现在以狗血剧情为主的“社会生活”板块。

随着我兼职生涯的展开，我接触到许许多多来自不同种族、文化背景及社会阶层的同事。我与他们的交流，倒是给我带来不小的启发与触动。“未婚生子”正是其中的讨论话题之一。

同事中，有一位叫作Bella的西裔女生，与我关系最好。我俩相识的原因十分搞笑。我当时正在向其他小伙伴吐槽我吃Mexican candy 难吃到吐的经历。Bella 突然窜出来反驳我。她认为，Mexican candy 是世界上最好吃的糖果。于是，我俩就墨西哥糖果到底好不好吃据理力争了一番，反倒因此成了朋友。

及至年尾，在公司举办的圣诞派对上，我向 Bella 问起了她明年的计划。她有些苦恼地思考了一下，告诉我："说真的，我还没有明确的计划。我应该会出去旅游吧，而且，我也挺想在明年要个小 baby 的。"听到这里，我开玩笑地说："可是你至少得先要有个男朋友吧。"Bella 很奇怪地看了我一眼，夸张地对我喊："No！你怎么能这么想呢？现在已经 2018 年了，没有男朋友，我们完全可以有个孩子啊。你要知道，boys are trash."之后，Bella 又半开玩笑地把我刚刚的话，分享给了其他人，所有人听到后都笑了起来。

恐怕只有我一个人知道，我刚才的话不是开玩笑。在此之前，我深信先有男朋友或者丈夫，再有孩子才是正确的顺序。要知道，在中国，"未婚生子"这个话题，实在是太不符合传统观念了。即便女权主义者们再如何鼓吹男女平等，女生该如何解放天性云云，不可否认的是，面对"未婚生子"这样的敏感话题，大部分人无论有意无意，仍然会第一时间将矛头指向女生。"这个女生是不是私生活混乱？""这是谁的孩子？""有了孩子为什么不结婚？"猜测与诋毁接二连三。到了美国之后，由于高中是天主教学校的缘故（对宗教稍微有所了解的应该知道，天主教比起基督教各方面的约束，更多也更复杂），学校对于"性"，同样三缄其口。

在我的成长背景及所受教育之下，我潜意识里认为"未婚生子是非主流的，也是不受待见的"。直到我跟 Bella 在圣诞 party 上的交谈，才使我第一次对我固有的想法产生怀疑。如果说未婚生子是不对的，到底不对在哪儿？倘若只是我跟 Bella 的个人想法有分歧，那仅仅是第二个类似于墨西哥糖果是否好吃的争论。可我现在所接触到的美国人，大都对“未婚生子”采取自由的态度，这不免令我反思，是不是我此前的想法太过局限了。

我的上司 Shangnn，是一位胖胖的黑人女士。Shangnn 每天充满活力，她的主要工作是跟住户沟通，她甚至记得大部分住户的名字。同员工相处，她也亲和力十足，时不时还给我们说个成人笑话，跳一跳电臀舞。

我觉得黑人，尤其是 20~40 岁的黑人，不太看得出年龄差别。刚开始工作的那一段时间，我对 Shangnn 的年龄同样充满疑惑，直到她向我介绍了她 7 岁的儿子，我才发现她可能年纪不小了。对于她的保养得宜，我决定恭维她两句。我十分夸张且大声地说：“天哪，你的孩子都这么大了吗？我觉得你看上去太年轻了，还以为你没有结婚呢！”Shangnn 听了我的话，除了表示感谢外，倒没多说什么。只不过，等我工作了一段时间后，我才发现 Shangnn 虽然有孩子，但并没有结婚，亦没有另一半。她告诉我，7 年前她做出决定，要有一个孩子，是因为她已经做好当母亲的准备。选择未婚生子对她现在的生活并没有什么影响。Shangnn 一直在跟一些男人约会。她还开玩笑地鼓励我，快去找一个男朋友，“这样，我们就能 doubledate 了。”

在美国，至少在加州，面对“未婚先孕”，我不能说质疑与偏见是完全不存在的，但情况的确要比其他地方好上不少。大众并不会用有色眼镜去看待未婚生子的女性，她们未来如果选择结婚，另一半也不会有抵触或反感的情绪。另外，政府甚至会给予生了孩子但是未婚的单身母亲福利支持。

英国《每日邮报》提到，中产阶级以下未婚生子的概率更高，“从结婚到生孩子的这段时间，是自我探索从自由到成人责任的宝贵机会，但似乎，只有受过良好教育的中产阶级才能体验。”在美国，大部分的未婚生子，都发生在中产阶级以下的家庭。我在高中时，做过一个关于堕胎 abortion 的课题，看到太多的女生，在十四五岁甚至更早的年纪，就生下了孩子。在自己还是孩子的年纪就有了孩子，这样未婚生子的案例，以喜剧收场的并不多。与此同时，我也在网上浏览过许多因为有了孩子而不得不无奈走入婚姻的例子。当然，我们同样能看到许多类似于 Shangnn 这样洒脱快乐的未婚妈妈。

两者同为未婚生子，结局之所以迥然不同，很大程度上是双方的不同动机所致。对女性来说，做母亲仿佛是天性，似乎没体验过一把怀孕生子的过程，就不算是真正的女人。

孩子可以是爱情的结晶，抑或是出于主观的决定，但不应当成为放任自我的一个副作用产品。未婚生子不仅仅是生活态度和个人选择，活得独立自主才是根本。当然，从孩子的角度考虑，哪怕有再多再好的政策和福利，哪怕看不到白眼和讽刺，出生在一个没有父亲的家庭，恐怕也不是令人喜闻乐见的。

溪游记：行走在美国

Part 2

异邦校园

极速前进

时间残酷且快得不可思议。我的高中生活在不知不觉中迈向最后一年，初来时的懵懂和好奇似明日黄花。如今的我要作为学姐，欢迎“00 后”新生的到来。

回顾过去，也不是没有遗憾。譬如，我之前一直没有勇气竞选学生会主席。现在虽然蠢蠢欲动，但因为已是高年级学生，仍然无缘参与。为了弥补遗憾，当我得知学校要新组织一个名为 ICS（International Culture Society）的 Club 时，我立即报名竞选主席。最后，凭借良好的群众基础，我如愿以偿成为 ICS 的首任主席。我沾沾自喜地将这一消息告诉妈妈，结果她紧张兮兮地问我：“什么？你要去国际文化协会做主席？”我被这突如其来的“国际文化协会”吓了一跳，后来才意识到这是她对 ICS 的翻译。我只好无奈地告诉她：“你怎么不说我要去联合国呢？这只是学校的一个社团组织而已。”

俗话说得好，新官上任三把火。虽说这个 ICS 规模还不如我妈妈的脑洞大，但我也希望能够做出一番成绩来，让越来越多的同学加入我们的组织。开学前夕，我们几个 officer 聚集在一起，召开了几次“大会”。最终我们决定在学校开展一次 Amazing Race 活动。一些中国人对 Amazing Race 也许并不十分熟悉，但在美国，Amazing Race 可是能与“快乐大本营”拼一拼历史的经典王牌节目，到现在已经有 25 季了。其实，说中国人不太熟悉 Amazing Race 也不十分准确。现在几家卫视制作播放的“极速前进”和“非凡搭档”，都是买的美国 Amazing Race 的版权。

我们确定了 Amazing Race 活动的大概方向，当然不会照搬最终的活动流程，而是要设计出符合学校特色的情景游戏。这看似简单，但当我真正负责时，许多问题都接踵而来。譬如说，到底要设计几个 station（站点）才合适？每个 station 里的游戏要怎样安排？时间设置多长？我们和老师商量完，得出初步方案。总共设计五个 station，分别是埃及、日本、澳大利亚、巴西和意大利，基本上兼顾到各个洲的代表性。因此参加 Amazing Race 的学生，也将被分为五组。考虑到参与人数等诸多因素，每个 station 设计的游戏，也都严格控制在九分钟之内。

然而，这些问题解决了，新的问题又出现了。每个站点的游戏究竟要怎样设计呢？一方面，它要符合这个站点所代表的国家特色；另一方面，这些游戏又要在大家可接受的难度范围内。我们几个 ICS 的 officer 又埋头苦干了好几天，才基本制定出大家比较满意的方案。比如说，在巴西站，我们用巴西动感的桑巴舞音乐做背景，让每个组的成员在限制的时间内踢球，球连续踢进球门算过关；在意大利站，我们让参赛者在五分钟内画好自己设计的衣服草图。当我们设计、调整、测试完这些环节，已经是两个星期后了。所以在这时，我才真正体会到许多电视工作者幕后的艰辛与不易。

虽然我们已经竭尽全力仔细考虑到每个步骤的可行性，但百密一疏，仍有一些不可控的状况发生。由于我们前期宣传比较给力，再加上大家对于 Amazing Race 的兴趣，报名的人数远远超过预期。活动前一天，全校有超过三分之一的人报名参加，大概也算是创了个纪录，这固然值得开心和自豪，但也使得我们需要重新考虑一些游戏的可操作性。因为我们事先定好的分成五组的计划不可更改，这就出现了每组有超过 12 个人的情况，而之前设计的一些游戏，并不适合这么多人同时玩，所以有必要对设计方案做出临时调整。

终于到了周五放学时间，我们的活动 Amazing Race Ramona 也正式拉开帷幕。虽说因为人数太多，造成了一些不便，但是同学们的参与热情却是不可阻挡。一些美国女同学“彪悍”的作风也就此体现出来了。在踢足球的环节，有一组为了争取最短的时间，全组的 11 个人两分钟内就顺利完成了任务，速度之快令我这个不爱运动的人汗颜。更让我开心的是，许多老师都对我们此次活动赞不绝口。有一位老师看到我们的活动提纲，非常感慨和激动，问我们这个方案准备了多久才如此完善。被她这么一问，我大有杜甫诗中“初闻涕泪满衣裳”之感。最终，我只是轻描淡写地对她说，差不多准备了一个月。然而我真正的内心独白却是“鬼知道我这一个月是怎么过来的”！

我一向自诩组织能力强，并且从小就喜欢设计各种活动。然而经过这次的 Amazing Race，我才意识到，之前所谓的“组织活动”，不过是小打小闹罢了。一个活动的成功，是由许多因素共同促成的，绝不可能只凭一己之力，也不可能一蹴而就。从活动最初的筹备开始，就需要激发团队所有人的智慧。我们不仅要努力设计出完善可行的方案，而且还需要考虑各种可能发生的紧急状况，并做出有效应对。

在我看来，美国的教育理念除了注重培养学术人才外，还特别重视与社会的衔接。而参与社团活动，则是留学生结识朋友、娱乐、补充学业知识的最好途径。学生可以通过参与校园活动，培养个人领导才能以及与他人合作的能力。

当然，说得更远一些，美国文化崇尚“小政府、大社会”，美国一直在通过社团组织的发展，解决政府和市场失灵等方面的问题。我想，这多少与他们从小就培养的社团理念有关。

校园Club

俱乐部可以说是美国校园文化中不可或缺的“风景”，许多刚去美国念书的国际生，第一天报到，就会被各类社团“坑蒙拐骗”地拉去参观。事实上，社团文化在美国由来已久，美国同学从小就会接触并参与到各类社团组织中，甚至一些小学、初中的社团也颇具规模。

我所在的高中，虽然人数只有两百人，但是大大小小的Club却有二十个左右。Club的种类，也是五花八门，美食、文化、时尚、化学、生物、计算机、机器人等都有涉猎。为方便大家选到适合自己的社团，我的高中每学期都要召开社团展示会。逛社团展示会，其实跟招聘会十分相似。每个Club有一个“摊位”，各个俱乐部的负责人可以在自己的展位上布置和展示社团的相关内容。重要的是，每个社团都必须写明活动的具体时间。譬如说，如果有两个Club固定的开会时间一样，那么你就必须做出取舍，不可同时都sign up。

这样每学期一度的社团展示会，对一些新社团尤为重要。作为在全校学生面前的第一次“亮相”，特别是面对一个“僧多粥少”的市场，如何吸引更多学生报名？着实是个技术活儿。今年，我竞选成为

International Culture Society 的首任主席，我们几个 officer 绞尽脑汁，想的就是怎样才能从众多社团中脱颖而出。在当天的展示会上，我们循环播放了事前录制的关于我们社团的视频和 PPT，并且代替传统的纸和笔，所有的展示和登记都用电子设备进行。总而言之，我们想要传达的中心思想就是——“我们高大上，经费充足不差钱，快来加入吧！”

给我留下深刻印象的是 French Club，他们吸引同学的办法，虽然简单粗暴，但十分有效。因为展示会在午饭前进行，大家都饥肠辘辘，所以她们买了麦当劳的炸薯条作为“诱饵”。只有报名加入此俱乐部的同学，才可以吃到薯条。虽然我很想发扬“不为五斗米折腰”的精神，但胃不同意。最后我还是没能坚守阵地，乖乖地去 French Club 登记报名了。

那么，你可能会有疑问，这些 Club 到底是怎样建立起来的呢？在我的高中，情况大致分成两种。第一种是由老师倡议组建，比如我今年加入的 International Culture Society。学校负责国际生事务的老师，想要通过建立社团，加强本国学生和国际生的双向交流。在这种情况下，社团相关负责人全部通过竞选产生。第二种情况，则是由学生自主建立。如果你对某一方面很感兴趣，并且学校没有类似领域的社团，你就可以向学校提交申请。此外，你还需要找到愿意帮助你的老师，担任该社团的辅导员（学校规定每个社团，都需要一个老师来指导负责）。像学校 Fashion Club 的辅导员，就是由美术老师担任。Robot Club 的辅导员，则由生物老师担任。如果你能找到适合的老师，并且提交的申请获得校方通过，那么，你的社团便组建成功

了。这种情况下，申请这个社团的学生，就自动成为该社团的主席，其余职务则一样通过选举产生。

为更好地开展社团活动，除了成员人数等“硬性条件”之外，经费也是十分重要的。每个 Club 都是由个人建立，学校不会提供任何形式的补助。所有经费，也都要社团自己筹集。如果社团没有充足的经费，小至活动无法开展，大至最终“破产”解散。虽然有的 Club 选择通过社团内部 fundraising（捐款）来募集，但这也仅能解燃眉之急，长远来看，肯定行不通。

当然，不用过于着急。虽然学校没有资金援助，但可以提供平台来解决经费问题。每两个月，学校食堂会有一天不提供午餐，由需要经费的 Club 来卖食物和饮料。除去成本，剩下的利润可以作为活动经费。当天，学校会让所有参与的 Club，集中到 tennis court 并提前一周开出所卖菜单（当然，每个社团卖的东西不可重复）。有需要的同学，可以在那一天有选择地去买自己想吃的食物。

这事儿听起来容易，但在正式操作上，仍需苦思冥想。到底卖何种食品？虽然学校对社团卖的食物饮料没有规定，但作为社团主席，我要考虑如何赚到更多资金。如果单纯卖饮料，由于本身成本低，即使提高价格，每杯饮料可能也就赚 25 美分；如果卖食物，又需要考虑选择哪种食品，才能吸引更多人？经过 Club“高层会议”，我们决定，在当天卖 in-an-out（加州非常有名的汉堡店）的汉堡。食品确定下来后，还要考虑设置怎样的价格才能让大多数人接受？又经过多次讨论，我们将价格设定在原价基础上，多加 1 美元。

由于汉堡的特殊性和相比其他 Club 的高成本，我们提前五天，开始接受学生预订。由于准备充分，我们的汉堡大受欢迎，好多同学甚至都没有买到。放学后一清算，我们赚到了 80 多美元作为活动经费。

不过，至今有些懊恼的是，为规避可能存在的风险，我们没有兼顾到售卖当天来买汉堡同学的其他需要。商机错失的背后，多少看到我这个“保守党”主席的影子。

高中毕业旅行之吐槽大会

金秋十月，全校 12 年级的高中准毕业生进行了最后一次实践活动。既然是最后一次，必然与往常在校内开展的活动有所不同。这次，我们全体 12 年级学生，外加所有宗教老师，都被“兴师动众”地拉到了圣塔芭芭拉。

综合实践为期四天三夜，我自认不算情绪容易外露的人，但是在这次旅程中，我的心情确实可以用“跌宕起伏”来形容。所以，我决定用两个整章的容量，来记录（吐槽）这次奇妙的旅程。

一大早，我与同学们兴高采烈地准备出行。刚到达集合地点就受到了第一波冲击，我们这次的代步工具竟然是校车！我一直不敢苟同国内一些媒体将美国校车吹得神乎其神的报道。美国校车结实耐撞，安全性能强。但是它的内部舒适程度，说实话并不完美。座位狭小拥挤，且椅背长度不够，都是它的缺点。所以，当我们乘着校车，一路颠簸了四个小时，到达目的地时，我全身的酸痛程度，完全可以同乘坐了十几个小时的飞机相“媲美”。

我疲惫地下了车，未曾料到又迎来第二波冲击。此行的目的地是

位于圣塔芭芭拉的一个国家公园。国家公园自然很美，但是如果加上没有信号这个前提，就要另当别论了。由于带队老师事先并不知情，当所有同学的手机都显示 no service（无服务）时，尤其是当山里的工作人员证实了这个事实之后，似乎只能用“哀鸿遍野、满目凄凉”来形容大家彼时的复杂心情了。

第三波冲击，也是令我最为崩溃的，则是拜原生态所赐。即便在十月，各类昆虫仍然非常活跃，首先就是蛾子。我从小到大，对各类虫子真是发自内心的恐惧。可想而知当我看到这些成百上千的蛾子时，头皮发麻、背后冰凉、四肢无力都是我的真实写照。美国的蛾子块头感觉还要再大一些，并且完全不怕人类。感觉很好的人类会不会因此而惆怅？当夜色降临，整个山坳里就只有我们的小木屋和洗手间有光，自然这两个地方也成了蛾子的狂欢之所。

这些无孔不入的蛾子，在我住宿的第一个晚上，就对我造成了严重的心理阴影。那天，我半夜走去洗手间。因为我们住的木屋和公共洗手间有一定的距离，所以洗手间的灯也就一直开着。本身在空旷的山里，半夜摸黑行走已经足够吓人了。当我走到女洗手间时，更是被眼前的景象吓了一大跳。女厕的门大开着，从门口望去，里面从天花板到墙壁再到地面，密密麻麻、层层叠叠地覆盖着各类蛾子和其他不知名的昆虫。

我看到眼前颇为壮观的蛾子军团，立马掉头跑向男厕。男厕的门虽是关着的，这似乎可以证明里面没有蛾子。但取而代之的，则是成百上千蛰伏在门板上的蛾子。如果我开门，势必要将这些蛾子惊动。我生平第一次结结实实地体会到什么叫“历史关头”，什么叫“进退维谷”，我在男女洗手间外踱步徘徊，却迟迟未能鼓足勇气进入。

忽然我看见不远处，我们住的木屋里慢慢走出一个身影。我举着手电筒，定睛一看，发现是隔壁屋里一个外国同学。我如同看到救星一般朝她猛扑过去，并“哭诉”了我的遭遇。在这位“女汉子”的帮助下，我总算上了趟洗手间。然而，我与蛾子不得不说的故事仍是未完待续。

这次旅程结束后，同行的朋友开玩笑地感叹道，以后一定会怀念我每天的尖叫声。但是殊不知我已尽了“洪荒之力”，让自己最大限度地忽略这些虫子了。也许我可以强迫自己大半夜不再起床，却没有办法做到四天不进洗手间。一旦进了卫生间，无论刷牙洗脸，还是洗澡（这些地方都在公共卫生间内），我势必都有机会与蛾子打个照面。

所以，每天清晨和晚上，都可以看到我“生无可恋”地对着爬满蛾子的镜子洗漱；洗澡时，也可以瞧见我一脸铁青地在浴池里与蛾子“共浴”。

高中毕业旅行之山的味道

小时候看《窗边的小豆豆》，其中一篇名为“山的味道，海的味道”的文章，一直让我记忆犹新。这是我最初对山的朦胧印象。当我读到小豆豆和同学们津津有味地吃着被小林校长定义为“山的味道”的蔬菜时，我都会萌发出对山的好奇和向往。

我想了解哪里有山，我想知道哪儿的山最美，还有最重要的，我想探索大山深处的味道，到底是什么样的。

因为我生在江南，长在江南，来到美国后又忙于读书的缘故，想要探索大山的愿望一再落空。仔细想来，这次在圣塔芭芭拉的四天行程，确是我人生第一次与大山的亲密接触。

虽然从前文可以知悉，我在旅行中受到的各方面的打击不小，但是这并不能阻挡我对山的热情。我深谙惊喜与惊吓共存、阳光与雾霾同在的道理。于是，我带着憧憬的心，小心翼翼地期待着，探索着。

我选择用嗅觉去感受山的味道。

旅行伊始，我刚从封闭的车里下来，就做了个深呼吸。在大山深处做个深呼吸，也成了我那几天的必修课。总结起来，不同时间，呼吸到的山的味道都不尽相同。然而，与我想象中自然清新的味道不同，我大多数时候闻到的，却是树叶腐烂的气味。没错，我一再确认，的的确确是腐烂的味道。对于这个结果，我也很惊奇。也许，这就是山本来的味道。况且，换个角度，腐烂也是另一种成熟。所以，我非但不反感呼吸到的这散发着淡淡霉味的腐朽，反而感到一丝惊喜。

我选择用声音去聆听山的味道。

旅行的第二天早上，学校组织各个小组，分散到不同地点参加多个项目热身。第一个和最后一个的活动场所，都在同一位置。当我做第一个热身游戏时，就听到“嘟—嘟—嘟”好似敲击木头的声音。隔了一个小时，在完成最后一个团队游戏时，我又听到了相同的声音，这引起了我的好奇。起身，环顾空旷的四周，最后我将目光定在一棵树上。

原来，这声音并不是我的幻觉，真的是啄木鸟啄着树干发出的声响。只见三只啄木鸟趴在光秃秃的树干上，以平均三秒一声“嘟”的频率忙着寻找食物。如果说，山里白天的声音大部分来自啄木鸟，那么晚间大山的声音明显要热闹许多。夜深人静的子夜，绝对是观察的绝佳时间段。周围的伙伴已进入梦乡，我躺在小木屋的床上，迷迷糊糊间，耳畔传来山的“味道”。细听，这声音混合着叶子离开树的“沙沙”声，夜风肆意地从山间穿过的“呼呼”声和许多昆虫的“吱吱”声，以及动物夜行时的“突突”声。

我选择用眼睛去捕捉山的味道。

除了与啄木鸟的首次邂逅，仔细回想，此行我其实碰到不少动

物，包括令我十分窘迫的蛾子，尤其是在山里的照面，蛾子军团的战斗指数达到了十级。接着，我又碰到松鼠朋友好几次，其实在美国的大街上，也是很容易见到松鼠的。但与平常见到的黄色皮毛的松鼠不同，这次在山里，遇到的松鼠无一例外是灰色的。仿佛一切物种，只要在山中，都被刻上了“山”的独特印记。即便平日里能见到的动物、植物，也因有了山的味道而变得灵动起来。

倘若你要问我，山的味道到底是什么呢？现在，我恐怕并不能下一个准确的结论，恰如苏轼诗中所云：“不识庐山真面目，只缘身在此山中。”也许大山的奥秘与味道，绝对不是三五天观察就可以轻易洞悉的。但是，这次经历却使我意识到，再到山里旅行时，除了能在山里吼上一嗓子“大山的子孙哟”，我们还可以用五官去观察山景，可以用脚步去丈量走过的山路，可以用双手去触摸大山的脉络……

我一直认为，任何事情如果只剩下受苦一个目的，那就失去了教育的意义，扼杀了收获的可能。譬如军训或拉练，苦虽苦，拼命虽拼命，但是之后回想，却发现曾经学会的军歌已不会再重温，也没有人闲得发慌，在家里叠一个“豆腐被”。除了吐槽伙食、教官和严苛的训练，似乎其他的一切都是过眼云烟。

奇怪的是，当所有人都以为“没网会死人”，但是四天下来，大家不仅没死，而且还好好地，更加健康地活着。

也许如我这般，一直纠结于蛾子，但当我重新抬头，却也看到了一片星海。

又到一年开学季

九月似乎是个矛盾的季节。

北方秋高气爽，南方则继续“集体供暖”；庄稼人开始收获，商贩们却因暑假结束而迎来淡季；学生在开心与朋友重逢的同时，又在担心来自学习上的压力。

在学生的眼中，九月容纳不下太多，它就意味着两个字：“开学”。

相较于大多数学生面对开学“悲喜交加”的心情，我却满怀憧憬。今年的开学对我来说有些非比寻常，因为这是我升入大学后的头一次正式亮相。

我的大学是位于洛杉矶的南加州大学。对于这所大学的历史、校友等，大家可自行网络搜索。互联网时代的特点之一，就是对于母校，我可能还没有百度、谷歌了解。总而言之，我对于就读南加州大学，还是感到非常荣幸的。

因为在洛杉矶已经待了三年有余，并且我的高中和南加州大学建造年代相仿，所以对于整个城市甚至学校，我都不感到陌生。反

之，当然也少了大一新生初到时应有的新鲜感。每次漫步校园，看着相似的红砖建筑，我都会冒出“原来的配方，熟悉的味道”的想法。

熟络归熟络，开学前的准备工作，仍然是一个都不能落下的。

首先，南加大规定新生一定要参加 orientation。我知道有些学校对 orientation 并没有硬性规定，但是为什么要错失一个既可以了解学校文化，又能结交好友的机会呢？大部分学校的 orientation 有校内和校外两个选项，即 on-campus 和 off-campus，以我的学校为例，在北上广都有提供给国际生参加的 off-campus orientation，一般 orientation 为期两到三天，在此期间，你可以系统地了解学校的校园文化和一些重要的注意事项。譬如，在南加大的 orientation 上，面对让许多人担忧的安全问题，学校就着重地介绍如何使用学校安保措施，保护人身安全等。

其次就是买书了。美国的书本贵是事实，但本着发展中国家“厉行节约”的优良传统，我奉行的买书原则是，能租就别买，有二手书就别用新书。比起中国二手书的良莠不齐，美国的二手书质量大都不错。虽然大部分的书在学校的书店可以租到或者买到，但是价格有的时候会比外面贵两倍。所以我的书大部分都是在亚马逊上买的，价格很实惠。需要注意的一点是，除非是自己非常确定会上的专业课程，我认为其他的非专业课程需用的书，可以等到开学后再买，这样可以有效避免因为临时换课而多买不需要的书。

说到选课，很多朋友跟我讲述过抢占热门课“厮杀”的场面，也许是相较公立学校，私立学校没有那么多人的缘故，至少目前我感觉，上到自己心仪的课还是不太困难的。在之前提到的 orientation 期间，学校的课程顾问会帮助学生选课，以免大家修到对学分无用的课程。此外，开学后有为期两个星期的试课期，对于不太感兴趣的课，在试课期间可以随意 drop 这节课，然后换成其他的课。

经过一番买书、上课、换课的折腾后，我终于将这学期的课程定了下来，分别为 Statistics, modern Europe History, Girlhood, Comedy Performance（统计，欧洲历史，女生、女权研究，喜剧表演理论）。虽然这些课程看起来都与我的专业八竿子打不着，但是都属于大一要完成的普识教育的范畴。

小时候上学，每逢测验成绩不理想而被父母批评教育时，我总会

在心里嘟囔："我怎么还没念到大学啊？"大学在那时对我来说，是一个完全陌生的、遥远的名词。在我的想象中，到了大学，我就可以摒弃所有的考试，并挣脱父母的管束。而如今，大学变成了鲜活的动词，忆及往昔，我只想说，当时的想法真是"too young, too naive"。

这学期虽然只有四门课，但是加起来的书却将近三十本，光其中一门研究女权的课，必读书就超过了十本，以至被我邀请去宿舍的朋友，都被我床头柜上的一摞书吓一跳。有位学长"面露鄙夷"地对我说："你这选的都是什么课，根本不会有中国人去修这些课吧？你还是赶快去换课吧，这些课都太难修了。"他的话倒是大实话，我所选修的课上的中国人的确寥寥无几，但是又有谁规定中国人不可以去上这些需要大量阅读和精力的课呢？

虽然刚刚开始完成作业，面对老师提问"有口难言"，我会感到吃力，也会尴尬。但是，渐渐地，我发现每天看将近 100 页的书，并没有想象中那么困难，课堂上的讨论，我也不再置身事外。

在探索中成长，这才是大学给予我们的馈赠。

关于选课的那些事儿

前阵子，我在网上看到一则帖子。提问者是个准大学生，问题如下："请问美国 TOP50 的大学 GPA 好拿吗？"翻看评论，五花八门。其中一条被点赞的次数最多，说的是 GPA 的高低取决于你的选课。

我作为"正在进行时"状态的大学生代表，可以证明此言不虚。为什么这么讲呢？毕竟，大部分能够进入美国大学 TOP50 的学生，成绩不会太差，学习也有一定的自觉性。在这个基础上，选课的重要性自然无须多言。大一的课大部分是 general education，即普识教育。区别于各个学院下面的专业课，general education 学科范围广，上课人数多，所以一般的综合性大学，都会开设几百种课程供学生选择。

正因如此，不同的教授，不同的授课和评分方式，都会导致学生期末拿到差别迥异的分数。

一些教授对学生要求严格，作业量多且质量要求高。我今年的市场营销教授，就是此类老师的代表，不仅每节课记出勤，还出台了一系列"匪夷所思"的规定。譬如说，每次上 discussion 课，为了做到每个同学真正参与，他要求所有人上课要带写着自己名字的两张纸条。每次举手回答问题后，他会走过来把纸条收走。只有回答完两次问题，这节课的参与分才达标。

当然，对应地，有一部分教授学习要求宽松许多。J 教授是我大一下学期的专业课授课老师，我们给他冠以别名“傻白甜”。这是因为他始终贯彻“鼓励至上”的教育方针，但凡学生主动发言，无论好坏，他都不吝赞美之词；平时的 quiz 和作业，虽然不少，但给分大方，基本上以 A 居多。至于学习要求宽松，到底会不会带来懒惰、缺乏进取心等副作用，还真是见仁见智。

我一直被朋友们公认为非常没有选课运。除了上文提到的“傻白甜”教授的专业课，我选的课大都非常难拿分，且作业负担繁重。

在升入大学的第一个学期，为了弥补高中没有上戏剧课（Drama）的遗憾，我特地修了一节叫作 Comedy Performance（喜剧表演）的课。上课之前，我非常兴奋，并开始幻想在剧场演出的种种场景。然而，理想很丰满，现实很骨感。从第一节课起，我们所有人的屁股，就没有离开过阶梯教室的椅子。我一直疑惑于这节课为什么要叫 Comedy Performance？混淆视听嘛，按理说叫“喜剧赏析”课才更符合啊，毕竟，每天上课的日常，就是盯着 PPT，听老师分析喜剧的种种。

此外，教授评分非常严苛，鲜有作业可以达到 90 分。Comedy Performance 是文科，相应地，一学期要交 5 篇 2000 字的论文。对大一的新生来说，作业量算得上很大。一起上课的同伴经常自嘲：“明明是 general education 的课程，给我们硬生生上出了专业课

的架势。”雪上加霜的是，我对于喜剧，尤其是外国喜剧基本上一窍不通，也没有什么深入了解的兴趣。因对喜剧知之甚少，每次我都要花十天半个月才能把论文写出来，切身体会到 deadline 的字面意思。即便我每次非常勤奋地去教授的 office time 打卡，也无法拯救我最后不忍直视的分数。这节 120 个人的大课，中国人却只有 5 名。到了期末，其中两位小伙伴为了避免把好端端的喜剧课上成人生悲剧课，硬是把这门课直接给 drop 了。

虽然课修得艰难，使得我常常发出“这些课到底什么鬼”的血泪控诉，但不可否认，难度高的课，更利于挖掘我的潜能。截至目前，给我留下深刻印象的课有两门。Art Design and History 是其中之一。除了介绍自文艺复兴时期开始的艺术史，这门课还着重教授了这期间的设计作品。因为与艺术相关的信息很琐碎，在开学第一天，教授便把涉及的讲义、阅读、视频放在网上，供我们预习所用。虽然我高中修过类似的课程，但这节课学习到的内容之多、节奏之快和难度之深，都不可与高中同日而语。教授的语速很快，基本每节课要学习十多个艺术作品。因此，每周我都需要花 5 个小时预习之后的内容，否则下周上课，便会跟不上教授的节奏。

除此之外，作业也颇让人“抓狂”，这主要是新颖的作业要求和不怕折腾的教学风格所致。Art Design and History 课上布置的论文，从来不是命题式的。通常情况下，教授只会给我们指出一个宽泛的架构，其余部分则由学生自由发挥。当然，所谓“自由”，也是相对的，学生选定主题后，还要跟教授一一沟通。征得同意后，方可动笔。正式敲定主题，只是“万里长征第一步”。

最近的一次论文，我选择的主题是浮世绘大师歌川广重的一幅作品，除了知道该作品的相关信息，我还要了解浮世绘的历史、制作流程，以及对于西方艺术史的意义、影响等内容。又因为教授“变态”地要求不能用电子资料，为了完成这篇论文，我在图书馆，抱着五本厚厚的书研读了一个星期。因为学习任务繁重，我常写论文到深夜，但成效显著，至少现在，光浮世绘，我张口就能“胡说八道”一番，不得不说是这门课的功劳。

另一门让我不能忘怀的课是写作课。美国的大部分大学都会规定，学生在大一和大三分别修一门写作课。因此，大学开设了许许多多风格迥异的写作课。除了不同的教授以外，还有各种不一样的主题，比如美学、法律、社会正义、科学等，涵盖面很广。非常受欢迎的教授和主题，通常会被一抢而空。虽然我今年修的写作课，是在想上的课被抢掉之后的“无奈之举”，但是没想到这门课大大超出了我的预期。写作课主题围绕 sustainability（可持续）展开。第一节课上，K 教授的话就颠覆了我对可持续的传统认知。她说：“不要认为可持续只跟环境、环保有关，其实，我非常希望大家通过这学期的学习，可以发现可持续与人文间密不可分的关系。”

K 教授是我的写作老师，来自纽约。她个子小小的，笑起来还有酒窝，很难看出她已经过了 40 岁。虽然我一次也没有去过纽约，但我一直觉得她很有纽约 style。与加州不修边幅的大婶 style 不同，K 教授每节课都会穿着职业化的套裙。另外，我也喜欢她的上课方式。每当天气好的时候，她会把我们拉到校园的大草坪上上课。

K 教授上课的质量高、人很好，论文要求也与此成正比。上了写作课我才发现，不光是国际生，美国人照样对写作头疼。全班 13 个人，只有我一个是亚洲学生，我起初还有些忐忑，但后来发现，即使是用母语写作，犯语法错误且不知所云的美国人仍不在少数。因为 K 教授严格的评分标准，当我拿到第一次的作文分数，说不沮丧肯定是假的，特别是跟其他班的朋友比起来，成绩更是惨不忍睹。但当我知道朋友班级大部分作文都得到 A 的成绩之后，我反倒变得淡定了。我意识到，与其做没有参考价值的比照，还不如让自己的论文每次进步一点点。

此后，K 教授的 office hour 我都会准时报到。渐渐地，除了探讨论文的相关问题，我们还会对各种各样的话题展开交流。K 教授会讲她家庭中的生活琐事，我也会与她分享自己的兴趣以及困惑。

本学期最后一节课上，K 教授非常友好地拥抱了我，并对我说，她看到了我在英文写作上的进步。令我感到“诧异”和“惊喜”的是，她向我表示了感谢，她说：“你跟我说的一些话，启发了我，并给了我勇气，我觉得很多曾经放弃的事情，现在都可以重新开始行动了。”

关于选课这回事，很多人会归结于运气的好坏。而我一直认为，两者并没有直接的联系。想要选到好拿分的课，其实并非难事。美国有一个网站，专门可以看到教授的评分，非常人性化，只需要将教授名字输进去，关于他的评分便一目了然。虽然这个评分并不能代表教授真实的学术水平，但理论上来说，评分越高的教授越好拿分。毕竟，严格的教授往往无法给出一个令所有学生都满意的成绩，评分自然会低。

另外，判断一门课好不好拿分，一个屡试不爽的方法就是看上这门课的中国人多不多。将中国人人数多少作为参考标准完全没有贬低批评的意思。道理很简单，因为中国人更加看重成绩和 GPA，所以中国人选择的课，往往经过多重比较，通常会选择简单易拿分的科目。倘若，上课第一天，走进教室，环顾四周，发现没有什么亚洲面孔，那就已经给出这门课难修高分的暗示了。

谈到这里，肯定有人会问，既然选课如此容易，为什么你每次选课都很难呢？这其实就延伸出另一个问题。选课自然是以选好课为目的，只不过，“好课”的定义到底怎样？如果你眼中的好课等于水课，那么你完完全全可以通过上述办法，选到自己“心仪”的课。

我也常常听到周围有这样的声音，一门课如果分数难拿高分，就会被贴上“烂课”或者“教授水平不行”的标签。可是，用易不易拿分作为判断和衡量课的好坏的标准，是否一定正确呢？我认为，好课不应该与水课画上等号，也不鼓励为了拿到好看的分数，将时间和金钱花在易拿分却不能对个人有所提升的课上面。

大概，这就是我大学选课的一些经验。

宿舍生活

与朋友闲谈，经常聊着聊着，我们就不由自主地提及各自早年的宿舍经历。这跟爷爷奶奶老将过去的事儿时不时挂在嘴边是一个道理。毕竟，忆苦思甜嘛。

求学路上，大家对住宿舍都有或深或浅的印象。

我的朋友中，小学便早早地开启宿舍生活的，也不在少数。问及他们对宿舍的记忆，均表示虽然难忘，但并不想再体验一遍。

去美国之前，我住过一个学期的高中宿舍。据我了解，国内高中的宿舍条件，普遍算不上太好。我当初的宿舍在六楼，十个女生一间，没有空调，也没有单独浴室。那时，每天汗淋淋地拿着水盆，跑到公共浴室抢淋浴喷头，给我留下很深的印象。因为学生数量与学校保障设施极端不均衡，每天洗澡成了一项极其耗费体力和脑力的大事。

晚自习结束的铃声一响，我立即丢下笔，快速下楼，穿过操场，一路小跑，"噔噔噔"爬到六楼宿舍，拿起脸盆和换洗衣服，再"噔噔噔"跑到二楼的公共浴室，迅速脱光衣服，一头扎进洗澡间，在空余的蓬蓬头下站稳，宣誓主权。整个过程，干脆利落，不得出现任何驻足停留的杂念，否则只能沦落到同另外几位陌生女生一起共用一个蓬蓬头洗澡的境遇。

彼时的我，第一次住宿舍就面对如此“恶劣”的环境，实在难以忍受，曾偷偷哭过几回。每天早晨，我都需要默念数遍“吃得苦中苦，方为人上人”，才有勇气开始新的一天。

所幸，我在这所学校待的时间不长，没几个月便前往美国念书了。但其他同学仍留在学校，按部就班地住宿舍，准备高考。两年过后，与高考完的好友再聚会，我向她吐槽学校的宿舍。本以为她会有共鸣，谁知道，当年同我一起在宿舍里抹眼泪的这位，摇摇头回答说：“现在觉得学校宿舍还行，可能是习惯了。”

到了美国后，宿舍硬件条件提高了不少，但不方便的地方仍有很多。无论国内国外，宿舍生活各有各的不易。我先是在 Homestay 住过两年，住那儿虽然不错，但是离学校实在太远，每天需舟车劳顿两个小时。我非常想搬到离学校近一点的地方，但是校方不让未成年人单独住。好不容易等到成年，我得偿所愿，搬到高中附近。可过了不久，大学录取结果出来，我又不得不忙着寻觅下一个住所。

在美国的这几年，我先后四次搬家，需要搬的物品也越来越多。最近的一次搬家，当我凭一己之力，把十几个箱子搬到公寓，算是真真切切体会到了“眼冒金星”的字面含义。

美国的大学宿舍，与中国差别很大。首先，学生可以选择住校内或者出去自行租房，有的大学会强制要求新生第一年住校。前两天，看到一个点击量很高的视频，名字叫作“美国大学的宿舍和食堂为什

么这么豪华？”讲的正是我的大学。虽然评论区留言一如既往地充斥着各种负面情绪，但其中有一条评论所言不虚。面对二人宿舍，中国学生想“竟然只有两个人”，美国学生则想“竟然有两个人”。的确，美国大学宿舍，基本是两人或者三人一间，比起中国大学宿舍的四人间甚至六人间，明显宽敞不少。如果运气好，提前注册，还有可能抢到为数不多的单人间。

一个很有意思的现象是，大部分外国人选择四年都住校内。但中国人一旦条件允许，会想尽办法搬出去，在外面找房子。很多人将这个现象归结为双方的文化差异。比如说，外国人喜欢热闹，所以要在宿舍住。其实不然。外国人爱办 party 不假，也的确时不时叫上宿舍里的朋友一起玩。但谁说中国人不喜欢办 party 呢？据我所知，身边热衷开派对和蹦迪的大学生甚至高中生不在少数。

我觉得，归根结底，还是观念的差异。美国家庭大部分有两个或两个以上的孩子，所以，美国小孩从小要同兄弟姐妹住一个房间。这个过程培养了他们沟通、正确表达诉求与妥协的能力。到了大学，虽然他们觉得一个人住很好，但两人合住也不会排斥。再加上，学校的宿舍费比外面单独租房便宜很多，自然成为大部分外国学生的首选。至于中国家长，根深蒂固的观念是“扎紧裤带，也要给孩子最好的”。所以，即便租金高昂，家长仍十分乐意，以便让孩子拥有更好的学习和生活环境。

我现在的住所是距学校步行 5 分钟的一幢学生公寓。大一在外住的学生并不多，我的学校并没有强制规定学生住在校内，但大部分新生仍会选择第一年留在学校，以便更好地了解周边环境。不过，我在同一个城市待了四年之久，该适应的早就适应了，所以干脆第一年就出去住。我的室友是一个科威特女生，我俩各用一个单间，平时互不干扰。

校外公寓，除了拥有相对独立的空间，另一个好处是公寓附带厨房，吃饭方便了许多。大部分美国学校宿舍，出于安全和空间结构的考虑，并没有厨房，学生可在食堂就餐，这点倒是同中国一样。当然，食堂吃多了不免厌倦，每天开车去中国城又费时费钱。这个时候，有一个厨房能自己做饭吃，实在很幸福。我在亚马逊网站花30美金买了一个集煎、煮、炒于一体的锅，既可以煎牛排，又可以涮火锅。每隔三五日，邀请住校的朋友来家中改善伙食，大伙纷纷拜倒在我的厨艺下，并对这口神奇的锅称赞不已，表示以后自己住也要买同款。

提到宿舍，自然涉及室友相处的话题。我听过太多人吐槽，包括我自己，也会因为小事而与室友闹别扭。一部分人选择跟熟悉的朋友为邻，认为可以避免争吵。但很多时候，想象是一回事，现实却是另一回事。现在的中国学生大都是独生子女，用流行的话说“谁还不是小公主”，因此，起初是好朋友，住到一起后，几言不合便针锋相对，最后闹成“塑料姐妹”，或是“撕逼”结束的可能性也并不低。

与室友和谐相处是需要智慧的。在合住宿舍中，每个人性格、生活习惯皆有差异，有摩擦实属正常。学会沟通与妥协，是保持室友友谊的关键。朋友A曾跟我抱怨，她与室友B关系不错，但室友B有个打游戏的爱好，一到周五，便会拉上三五好友到宿舍“开黑”。接着一阵“鬼哭狼嚎”，直至凌晨三点才曲终人散。朋友A作息规律，每周定时听着隔壁房间反复闹腾，非常愤怒，但又怕跟室友说会引发不快，因此默默忍受。有一天，她终于忍无可忍时跟我抱怨：“我起床后看到她，真的，她一出现就让我控制不住想发火，但我知道我是因为昨晚的事情在生她的气。”诸如此类的小摩擦，日积月累，就会成为一场大战的导火线。

中国人老是在意“面子”。因为是熟悉的人，一旦出现矛盾，大多选择忍气吞声，很少有人会开诚布公地沟通。事实上，正确表达自己的诉求，才是解决冲突的关键。如果朋友 A 可以向室友 B 直接说出自己的想法和解决方案，双方达成一致，问题也就迎刃而解，或可避免日后更大的不快。

中国学生学者联合会

综合性大学的学生众多，社团成为学生们互动交流、日常沟通的重要平台。在我的第一本书《溪游记：我在美国上高中》中，我写过一篇关于美国高中 Club 的文章。不过，当我步入大学，发现跟高中的社团比起来，大学的社团可谓鸟枪换炮，要高级很多。

在我的大学里，经过学校认证的社团，少说也有百来个。每个学期都会举行为期两天的 involvement fair，方便学生近距离了解各个社团，找到自己的兴趣所在。社团种类繁多，有芭蕾社、网球社、音乐社等培养个人兴趣的俱乐部；也有数学社、科技社这类专门为准备竞赛而成立的小圈层。中国留学生成立的社团不在少数，但是规模有大有小。小的社团必须依附于大的社团才能生存。

CSSA 是 Chinese Students and Scholars Association 的缩写，意为中国学生学者联合会，是海外留学生自发成立的学生组织，也是学校中规模最大的中国留学生社团。

不仅是我的大学，几乎每个学校都有 CSSA，这或可作为中国人日益走向国际化的明证。

中国人总喜欢给不了解的事物贴标签。到了 CSSA 这儿，它的标签变成了“中国富二代不务正业、醉生梦死他乡之所”。这句话是非对错暂且不论，倒是挺值得玩味。CSSA 名气不好由来已久。我有许多美国其他大学加入 CSSA 的朋友，对我大倒苦水。大家吐槽的重点，一是不做事，“官僚主义”严重；二是组织内部“妖魔鬼怪”横行。

先来说说第一点。总体来说，本校的 CSSA 还是认真做事的。CSSA 内设部门众多，分为公关部、宣传部、外联部、活动部、执发部、外事部、IT 部、财务部等。每年秋季和春季的时候，都会有两次招新的机会。不过，选择哪个部门，也是挺有讲究的。

一些部门比较有实权，经费充足，小组活动多且较有意思。我的一位朋友是宣传组成员，平常工作主要是对接各类广告赞助，因此有很多免费试吃中国菜的机会。用她的话来说，隔三岔五地跟着组织“蹭吃蹭喝”，小日子过得还挺滋润。相应地，也有趋于边缘化的部门。一位在 CSSA IT 组的男生告诉我，他们组总共只有几个人，几乎不开会，也鲜有活动，听起来实在有些心酸。

CSSA 中使我印象深刻的活动，主要是中秋和新年晚会，以及一些职业 networking 的活动。大部分部门一年仅负责一场活动，除了活动筹划和执行期间较为忙碌外，其他日子都很闲散。因为社团成员太多，各个部门职责明确，部门间的横向联系并不密切。有人说，外事、外联和职业发展，其实重合度非常高，但就是被 CSSA 分成了三个不同部门，是不是满足了很多人的“官瘾”不得而知，但也使许多不明真相的吃瓜群众，在选择部门时一头雾水。

“大”与“散”，是 CSSA 给我的直观感受。不过，作为校园内最大、最权威的中国留学生组织，CSSA 还是有许多出彩的地方。我感触最深的是它还算正规专业的面试和运营制度的建设。在申请人数众多的秋季，申请人必须经过两轮甚至三轮的面试。通过了，才可以成为 CSSA 的一员。面试的时候，该部门会有两三位成员一起担任面试官，除了比较专业的问题外，尤其注重细节的操作。结束后，面试官会根据你的回答做出评估，给出一个综合分数。至于其他中国留学生创立的社团，面试则更多地走个形式罢了。

我在刚步入大学校园的时候，接到一个针对中国人的音乐社团的面试邀请。十分踌躇，面试前一晚紧张到失眠。到了面试当天，我如约而至，但左等右等不见人影，又等了约半个小时，社团负责人之一才姗姗来迟。之后我唾沫横飞地讲了将近一个小时。结束后，为了体现自己的主动，我专门发了邮件给负责人，阐述了自己想要加入社团的迫切之心。

过了不久，我得到了面试通过的消息。我一直认为，是自己凭借出众的才华获得的成功，为此沾沾自喜了很久。跟社团里的成员熟悉后才得知，面试通过的真实原因，是负责人觉得我长得好看，而不是我对音乐的兴趣。

走后门和看脸，似乎成为大多数中国社团面试通过与否的关键因素。颇具讽刺意味的是，接受所谓民主、公平洗礼的留学生们，选择标准倒是与国内惊人的一致。

大家吐槽 CSSA 的第二点，组织内部“妖魔鬼怪”横行。这主要是由于有关 CSSA 风气不好的传言太多。很抱歉，在此我不做辩解，因为基本属实。我不想对此展开讨论或进行批判。我身边有爱混

圈子和作风豪放的朋友，他们虽不尽完美，但也有许多闪光点。自始至终，我不会站在道德的高地，将公共领地与个人私域混为一谈，甚至把它作为选择与评价他人的重要考量。

事实上，这些“放飞自我”的事情，绝对不局限于CSSA，也不仅限于美国大学。国内外的大学，每天都在源源不断地提供八卦头条的素材。当我跟一位非常保守的朋友聊天时，她被我描述的故事吓到，表示自己是同学眼中“乖乖读书”的类型，以为那些故事，如同天方夜谭般梦幻。我说：“你想多了，肯定是有的，只是你不知道而已。”

我时常听到以“×××是个大染缸”开头的俗套句子，比如“社会是个大染缸”“娱乐圈是个大染缸”等。反正，只要有人，且人一多，搁哪儿都是大染缸了。似乎这也是“江湖”规则。

功利主义

不久前的一个小插曲，让我陷入“功利主义”的思考。

随着大学录取消息的发布，我等前辈对 00 后学弟学妹们越发好奇与期待。更何况，今年留美新生的大学录取率创下新低。因此，“热心者”自发建起各种聊天群，我就这样被拖入其中。

新生在群里咨询理应支持，只是某些提问却使我心情复杂。

一位新生在群里问，每个月生活费大概多少。这个问题本身不难回答，只不过，他接下来的一席话，才是我“吐槽”的重点。

他说：“我要花多少钱，才能跟富二代出去 social 呢？”

“学校不是有很多富二代吗？我要是不跟他们一起玩，怎么会有资源呢？”以下省略其废话若干。

“资源”和“富二代”，是他滔滔不绝中反复提及的两个词。这位学弟在还没有进入大学甚至对大学还不甚了解的时候，就显得如此急功近利，以为大学如同夜总会，重点只是社交！但我仔细想想，这位学弟的言论恐怕也不是个例。因此，探讨探讨也很有必要。

在我看来，第一，大学中的富二代的确有，但没有想象中那么多。并且，其中的大部分，从来不会贴着“富二代”的标签满街跑。那种画风趾高气扬的人，要么是“伪富二代”，要么就是“暴发户”。而后者，绝对没有你想要的资源。真正的富二代，在学校里不事声张，不会用写满Logo的奢侈品傍身。他们会认认真真学习，踏踏实实生活。即使社交聚会，也会AA制。

有天我和朋友走在路上，碰到一个女生，算是我朋友的朋友。她衣着朴素，拎着两个超市的大袋子，显然刚从超市采购完。道别前，我朋友把之前买水欠她的五美元还给她，她欣然接受。事后，我得知这个女生家庭背景显赫，据说是某市首富的级别。

第二，关于资源。身边不少年轻人总喜欢将“资源”二字挂在嘴边，听起来很有态度，很高大上嘛！但事实上，在刚刚开始迈向社会的阶段，大多数人尚没有明确的人生方向与目标。

学校一男子，最热衷抱富二代学长的大腿，不屑与同届的学友为伍，摆出一副“老子懒得理你”的架势，非要跻身大二、大三、大四的社交圈。整天穿梭在那些喜欢显摆的“富二代”学长中间，仿佛换了一副嘴脸，但凡是那些人的朋友圈，都会点赞且积极互动。我偶尔参加过他们的social饭局，每次总能看到他忙碌的身影。

他这么做无非想要结交各种关系，以求资源在握。只不过事与愿违，如此跪舔的姿态，并没有让他获得友谊、资源抑或是尊重。无论是同届还是高年级的学生，对他评价并不好。“酒肉朋友”可以做，深交一场则“镜花水月”。

我的另一个同学，平时也热衷于社交。听闻国内某富豪之子来到洛杉矶，她万分激动地对我说：“×××就在××酒吧，我们快去啊！”

当我表示拒绝时，她很诧异，问：“为什么不去啊？是 ××× 啊！”

我反问她：“你就算见到，又能怎么样？他有资源不假，但对你又有何用？”

朋友哑口无言。你看，很多人脑袋闲置，想也不想，就“赶鸭子上架”式地去追逐人脉、扩大交际去了。宁可抢先一秒，也不愿慢半拍。

在盲目社交前，我们需要明白，资源到底指的是什么？资源到底能带来什么？“资源”，可不仅仅是个虚指，而是生活中丰富的具象。接着还要知道，富二代跟资源并不能直接画等号。退一步讲，就算富二代有资源，还跟你玩得很好，难道他就会把资源无条件出让？资源，本质上是在双方对等条件下进行的利益互换。

随着生活节奏的加快，人们做事情的目的性也变得越来越强。急于看到成效，最好省略过程。好事还是祸根？往往不太好说。效率当然是提高了不少。但对人心的破坏，让愈来愈多的人妄想找到一条捷径，立即走向人生巅峰。既然用到“妄想”，那可能性就微乎其微。更何况，即便天上掉馅饼，如此心浮气躁，是否接得住还真是个问题。

生活中，我非常愿意与比自己厉害的人交往，这是基于学习对方长处的朴素想法。事实上，想要赢得对方的尊重，并不是跪舔就有用的。

当我与厉害的前辈交谈时，时常忐忑不安，害怕自己讲出幼稚的话来。但事实证明，无论什么时候，人们都不会拒绝一个真诚的人。虚心请教，自然相处平等。适度的距离，远比有目的地靠近更好。

所以，“富二代”还是“资源”的话题，都只是功利主义最浅层的形式表现。如果以偏概全，认为这就是功利主义的应有之意，那就大错特错了。

作为道德伦理学范畴的一个理论，功利主义提倡追求“最大幸福”。所以说，功利主义并不等同于不择手段、急功近利与委曲求全，幸福与否才是功利主义追求的更高目标。

盖因于此，人在每一个年龄段对于幸福的定义，都不会相同。功利主义在每个阶段也各有其表，恰如俗话所说：欲速则不达，骤进祇取亡。

虽然我是活跃的社团一员，但我讨厌“鱼龙混杂”的 social 活动。似乎我更热衷于做一些别人认为没有用、见效慢的事情。比方说，我会刻意选择难度高一点的选修课；或者是花大把时间学习一门语言。周围不解的人也有很多，朋友曾“苦口婆心”地劝我：“如果你不去蹦迪啊什么的，你的圈子永远就那么大，没有办法扩大人脉的。”然而，我并不苟同蹦迪泡吧就可以收获人脉。或者说，那里收获不到我要的人脉。

就年轻人来说，应少一些功利之心，多一些脚踏实地。正如成功无法复制一样，成长自然也没有捷径可循。

文科生与理科生

文科生与理科生，似乎一直是这个星球上两个不同的物种。

席慕蓉曾在文章里回忆她的数学之差，说自己的数学书上，被她画满了插画。但不管怎样，人家语文好啊。至于我呢，理科不怎么样，文科也算不上出类拔萃。所以，我姑且算半个文科生吧。

现在同学们互相交流，自我介绍后总会加上一句，我是理科生，我是文科生云云。听着挺神气。但其实，在高中没分班之前，大家哪里知道什么文科生、理科生，只有偏科生的概念，而“偏科”是件多么令人头大也丢脸的事。

细说我的理科成绩，小学时候一切正常，到了初中则出现下降之态。我曾总结道，初一成绩最好，因为只有数学一门偶尔拖拖后腿；到了初二，排名下滑一点，因为开始学物理了；初三下滑加速，化学也加了进去。以致之后的中考“滑铁卢”，一切早在意料之中。

我语文不错，作文时常被老师打印出来，分享给全年级的人，但我仍感到自卑。毕竟，没人看单科成绩，大家只看总排名。可欲速则不达，我越想学好理科，成绩越不尽如人意。临近中考时，化学老师帮我开小灶，指着试卷上的 $CuSO_4$ 试剂，凑近我，语气激动地说："你看！快看！它应该被放到哪个广口瓶中？"但我辜负了老师的良苦用心，被他喷得满脸口水却一筹莫展，避开他期待的目光，我只能呆呆地摇了摇头。

大概因为我父亲在学校家长委员会中占有一席，所以每次开完家长会，老师都会热情且惋惜地告诉我爸："林溪真是个好学生，要是理科再加把劲儿……"每次爸爸回来把老师的话转述给我，我都会羞愧难当，满脸涨红。

更加雪上加霜的是，学校"一小撮"理科老师，表示出对文科生的极不理解。理科老师常常会在课堂上说这么一句话："语文、英语好有什么用？不能拉分呀。"接着举例，这次考试的 ×××，数学班级第三，语文倒数，也没多影响他的成绩。老师说的话，总让我如芒在背，我把头放得更低了。

初二的数学老师，非常鄙夷语文好的同学，上课总是有意无意地针对其挑刺。这使同学们感到愤懑，又因数学老师剪着短发，三十出头，还未结婚，所以私下给她冠以"男人婆"的绰号。自然，我也是那位男人婆"关照"的重点。有次，她课上到一半，看到窗户外的叶子，突然有些激动地说："我真搞不懂语文好的那些人，脑袋里在想什么。你看树上叶子掉下来，不就是树上掉下来片叶子嘛。那些文科生就要用各种描写各种抒情，简直让人受不了。"

初中的经历使得我在很长一段时间，陷入极端厌恶与理科有联系的一切事物，直至大学，这样的噩梦才算告一段落。

我的专业是文科，本以为可以高枕无忧，与数字说拜拜，但一进学校，就被要求上至少三节的理科必修课。但好在学校开设的理科课程五花八门，可以选择喜欢的主题和教授。所以，学习起来还不算太难。更加令人欣慰的，是少了过往中学老师的言语刺激。

大学校园设有不同院系，比如以文科生为主的传媒学院、电影学院；以理科生打头的工程学院、软件学院等。各个学院离得都不算很近，平时文科生、理科生的活动半径以学院为主，可谓泾渭分明，秋毫无犯。

不过，在社交场合还是会碰到不同专业的同学，这时候，“以貌取人”变成分辨文、理科生快速而有效的手段。我没有任何贬低理科生的意思，但“不修边幅”“近视”，仍是理科生留给众人的固有印象。

前两天，我去上某节大课，想着，反正也没人认识我，遂穿着双

人字拖，“蓬头垢面”地跑去教室。下课时，坐在我边上的一个中国女生拍拍我，很亲热地对我说：“哎，你是不是也在数学教授 ××× 的课上呀？”

我怔住了，回答道：“不是，我是传媒学院的。”

好了，下面换这位女生怔住了，我从她的表情中，看出大大的疑惑。她应该万万没想到，文科生怎么会打扮得如此“理工”模样。

学校的文、理科生关系暧昧。虽然大部分人之间常有互动，但文、理科生间的偏见，仍然如影随形。前阵子，朋友问我要不要参加一个由中国学生会举办的精英交流活动。据他说，该活动名称高大上不假，初衷却是为了解决单身的联谊。因此，邀请“嘉宾”集中在男女比例严重失调的传媒学院与工程学院。可想象很丰满，现实很骨感，效果差强人意。主要原因是传媒学院的女生，一听说是工程学院的男生，心想：“不知道哪里来的土鳖。”而男生一听到是传媒学院的女生，又心想：“这是哪来的张牙舞爪的网红。”自然不再有后续了。

有人将文、理科生间的隔阂比作拆不掉的“柏林墙”，我认为这是一个误解，因为我交了好几个理科生朋友后发觉，他们完全不是我想象中的样子。我的理科生朋友们大都性格外向，同我有许多共同的兴趣爱好；并且，她们还是话痨，比我的很多文科生朋友更能说会道。所以，“沉默木讷”不是理科生的代名词，“会打扮”也不应该成为攻击文科生的理由。“以貌取人”“贴标签”的行为，是时候该摒弃了。

但也不能否认，理科生与文科生的的确确有许多思维模式上的差异，因而相处起来颇有趣味。理科生很爱学习。有多爱不好说，但比文科生爱是肯定的。学校的文科课时都很集中，属于一周一节、一节四个小时的类型；而理科的课，时间不长，却每天都有。由于课程设置不同，文科课程大都记出勤，理科则不做要求。作为文科生，我非常羡慕理科生这种“随便去不去”的轻松随意。毕竟，逃课都不用编理由，实在是很爽。后来我发现，大部分理科生仍雷打不动地每天准时上课报到。除此之外，他们几乎三句话不离学习，每天除了在学校上课，就是回去写作业，撑死了周末才有社交生活。相比较而言，文科生的生活，的确要惬意、自由很多。

前两天，我跟室友商量着找兼职的事情。当问及赚了外快，打算做什么时，我毫不犹豫地说：“当然去做做面部护理，保养一下啊。”室友很疑惑，她说，她计算机专业的朋友，刚用打工的钱买了一个巨贵的键盘。我问：“是为了打游戏吗？”室友回答我：“不是，是为了写代码更方便。”

我思来想去，始终无法理解花500美元买一个键盘，是个什么复杂的消费行为。但我相信，理科生们应该也对我的“行径”感到困惑吧！

文科生也好，理科生也罢，尊重双方思维方式、行为习惯的诸多差异，兼容并包，求同存异，恰恰是构建多元社会的自由路径和不二之选。

情感世界的小清新与重口味

大约三年前，从我独立写作开始，我就萌生了谈一谈情感话题的念头。但几欲下笔，皆最后不了了之。

毕竟，我没什么感情经验，倘若用我那浅薄的情感认知写出来，想必那样的文字肯定幼稚至极。纠结了几年，我决定在今天尝试动笔。

倒不是说，这几年我的情感经历变丰富了，而是通过他人的故事，我对此类话题，算是有了更深的观察与感触。毕竟在大学，知识与八卦永远不会缺席。

进入大学，恋爱之风盛行。那些高中时密切关注孩子一举一动、生怕他们早恋的家长，纷纷鼓励子女恋爱。变脸之快令人咂舌，也把很多接受“正统教育”的同学打了个措手不及。比方说，暑假到家，妈妈总会有意无意地暗示，赶紧找个男朋友。更有甚者，一个比我稍大两岁的女生告诉我，家里已经在帮她物色相亲对象了。

她们感到困惑的理由也很相似：之前不让谈，现在没有合适的，怎么谈?

我问过好几个美国朋友，美国似乎并没有“早恋”这个青春期专属名词。孩子在很小的年纪谈恋爱，家长不会加以阻拦。用我朋友的原话来说：“毕竟，你知道，这么纯真的感情，之后并不多见。”所以说，中国家长们，不要一味反对“早恋”，也别在之后催促子女恋爱与结婚。

另外，我还有很多朋友坚持做单身贵族。要么宣称自己是“不婚主义者”，要么发誓绝对不生孩子。这些言论非常可爱，但人生伊始，下定论未免太早。某位坚持不婚的著名作家最终得出结论，选择结不结婚最后都会后悔。因为婚姻不如想象般美好，保持单身也不如想象中自由。

不过，我是个俗人，挺相信“一个萝卜一个坑”这句中国俗语，我已经满怀期待，我的那些朋友，在不久的将来，纷纷被打脸的那一幕了。

虽然谈不谈恋爱是我们的自由，但在大学里，恋爱的情侣的确不少。恋爱这事儿其实很正常，谁都有荷尔蒙分泌旺盛的时候，看见漂亮异性，见一个爱一个。不过我想，荷尔蒙旺盛一时可以，一直都很亢奋，那可就不妙了。

以我的观察，大学的恋爱，大致分为小清新与重口味两种。

某同学跟她男朋友，在国内同一所高中读书时，即开始恋爱，后来两人相约进入同一所大学。如今交往两年多，双方父母打过照面，彼此心照不宣。不过，即便感情发展稳定，据她所说，至今也没跟男朋友发生过性关系。原因是她还没做好准备。我起初对这件事表示怀疑，毕竟这年头，双方都有如此保守的思想实属罕见。后来发现她的

男朋友对她的确处处尊重。不过，她也跟我透露，她挺喜欢跟男朋友一起睡觉，因为抱着手感很好。好吧，套用一句烂俗的流行语来说，“我又相信爱情了”。

此乃小清新也。

一个很有趣的现象是，我周围恋爱的同学很多，分手的也不少。不过，朋友中从高中就在一起的，竟全都神奇般地坚持到现在；而大学里认识的情侣们，分分合合不断，大都维系不了太久。这足以证明，谈朋友要从小抓起。

前阵子，我与其他学校的同龄人交流，发现每个学校都有冗长且劲爆的“精彩”故事。

我平生的最大爱好之一，就是听八卦。但我只爱听，不爱传播。因此，恕我无法一一道出，仅点到为止。

我身边有个谈过几次恋爱的女生，在东部上学，她在学校“知名度”颇高。恋爱经验多绝不是她令人诟病的地方，最大的问题则是她太过随便。比方说，她跟学校的几个男生有过亲密关系，而这几个男生互相都是好朋友。

某一任男友把她甩了。他们谈了两个月恋爱，也同居了两个月。被分手后，她只得一人孤零零地把放在男朋友宿舍的东西，重新搬回自己的宿舍，在诸人真假难辨的“嘘寒问暖”后，尴尬地继续校园生活。当然，这位女生是否感到尴尬和不自在，并未可知。这仅仅是我的猜测。

这个故事不是她亲口告诉我的，而是某个我并不熟稔的男生“八卦”给我的。虽然女生现在“迅雷不及掩耳”地找到新男友，继续

“你侬我侬”，我仍然记得那个男生当时转述这个故事时，脸上的不屑与鄙夷。这使我感到瑟瑟发凉。当时我就想，我一定不会允许别人背后议论我时是这样一副神情，亦不会允许自己成为她。

自律，才能赢得尊重，不管是单身还是恋爱，都是不能放弃的准则。

还有一个男生长相普通，经历却不凡，此人很会讨女孩子喜欢，异性缘极好，并且，还喜欢在晚上玩一些“游戏”。某一次，在与异性好友玩“游戏”的过程当中，他一不小心，弄出“流血事故”，最后他被紧急送往美国医院救治。这件事被他的那位异性好友上传到了微博，收获了 2000 多条评论，这当然是后话了。

我之所以知道这么多细节，完全是他自我宣传的结果。每到一处饭局，他都会“不经意”间透露这件事，语气中非常得意地提及他因此在微博收获的话题热度等，嗯……我也不知道如何评价了。只能说，三观相投才是恋爱开始与否的第一决定因素。

不管怎样，这类故事希望只是少数，恋爱终归是美好的，也应当是美好的。恋爱不是人生的全部，但回忆起来一定是充满温馨的一段时光。让人感到悲伤抑郁的负能量恋爱，不谈也罢。

最后要说的，我的文章小清新依旧。如果你感到这篇文章有点儿重口味，那，一定是你想多了。

专业小谈

中国人对各类排名有种“迷之”执着。大学排名就是其中之一。

对于排名前三十、前五十的美国大学，我们比大部分美国人都清楚许多。我曾向一位美国家长请教两所排名有一定差距的大学，朋友的父亲一脸茫然地告诉我：“我没办法比较，这两个大学都是非常棒的学校。我认为这种比较毫无意义。”

这阵子，由于父母在美国的缘故，我跟着他们见了好几拨中国与美国的客人。在与不同的人沟通的时候，我发现了一个有趣的现象。中国人对大学排名格外看重，而美国人则更重视专业排名。

与中国客人沟通，一旦谈到教育，“你家孩子在哪里就读啊？”诸如此类的问题绝不陌生。但提问者在得到答案后，一般便没了下文。与美国人初次见面，往往也会涉及学校的话题，但他们定会在后面再追问一句，“你的专业是什么？”美国人这么问，是因为他们的大学认同感与专业认同感都非常强。

学校的 bookstore 常年贩卖各类印有大学 Logo 的周边产品，从衣服、背包、鞋子到马克杯、别针、笔记本，一应俱全。因为价格并不亲民，我只买了一件卫衣，权当“意思一下”。上了一阵学我发现，许多美国同学不仅给自己买了全套，还连带父母和宠物，都买了学校的周边产品。到了学校举行橄榄球比赛的日子，老老少少全部穿着“校服”，远远望去一片应援色，很是壮观。

也正因为此，如果美国人发现你我在同一所大学，就读同样的专业，立即把你归为“自己人”的阵营里去了。

谈到这儿，不得不讲一讲专业的话题。

美国综合性大学的专业种类五花八门，选择适合自己的专业，常常令学生抓狂。在我未上大学时，知道的专业寥寥几个。到了大学，世界一下子变得豁然开朗，发现许多不太了解但是非常有趣且优秀的专业。所以说，选专业不用操之过急。虽说在高中申请大学时，就需填写专业，但如果当下做不出决定，大可以在专业一栏里填上“undeclared”选项，意味着现在还不清楚。等到了大学之后，再添加自己想要就读的专业。

另外，美国大学专业的灵活性与自由度很高。转换专业相比中国大学，实在要简单得多。我周围的大部分朋友，现在就读的专业，都不是高中申请大学时选择的那一个。

大家转换专业的原因不尽相同。一部分人在进入大学后，有了对未来职业更清晰的规划；还有一部分人，则是不堪所选专业的重负，选择一门自己学起来更游刃有余的课程。

我经常碰到人们向我询问同一个问题：“美国大学哪个专业比较好学呀？”我的答案是，别做梦了，没有。

美国大学的每一个专业，各有各的艰难。尤其随着年级往上升，

Handbook of Usability Testing

专业课随之增加，难度系数也呈直线上涨之态。我的室友是一个“资深码农”。一个作业常常要写一周，交上去之后，下一个作业又冒了出来，因此她经常挤不出吃饭的时间。我的专业虽然作业没有那么多，但作业几乎全是小组合作完成的 project。这也意味着，我的课余时间，被一个个会议讨论所占满。忙碌的时候，我跟室友的日常状态就是，她闷在家里写代码，而我则一直在外面开会。很多时候，几天碰不到一起有说说话的空当。

我现在就读的专业，是新闻与传媒学院名下的公共关系专业。很多人对这个专业不甚了解，即便是校内的同学，也总是把公共关系与国际关系混淆。我起初因没有人听说过我的专业而感到不可思议，后来我发现，每一届公共关系专业的学生不超过 40 人，也就变得坦

然了。

虽然公共关系很小众，但学习内容可谓“蔚为壮观”。我所在的新闻与传媒学院，排名全美第一，设有三个本科专业，分别为新闻、传播和公共关系。大部分大学不会单独开设公共关系的课程，大都把它归入传播专业当中，因此，全美并没有几个大学设置这样的专业。

但我认为，公共关系作为一门独立学科，完全有单独设置的必要。第一，相比传播学，公共关系更为具体与细化。时代与科技都在日新月异地发展，传媒行业的更新迭代更为惊人。因此，大学本科的传播学，从传统媒体到新媒体均有涉猎。课程跨度大，学习的知识点也变得笼统与程式化。公共关系则主要教授公关的具体策略和步骤，大到国家形象，小到企业危机，公关很难被替代。到了高阶的专业选修课，则可以围绕个人兴趣，选择广告、娱乐产业等主题进一步提升。

第二，虽然公共关系听起来与传播学更为靠近，但实际上，公共关系与新闻专业的课程，重合度更高。比方说，我今年上了一节名字为“Professional PR Writing”的专业课，课程内容是如何写作公关与新闻稿。其中，语法是重中之重。什么时候单词大小写，什么时候可以缩写，如何缩写专有名词等，都是学习的内容。刚开始的几周，这节课令我痛苦不堪。每周不仅按时语法考试，题目也是千变万化。每每以为自己复习充分，可一旦换一个词语，都可能有不一样的变形，搞得我应接不暇。我的美国同学，一样是摸不着头脑的状态。毕竟，美国教育从小学起就没有纠正语法的课程。我跟同学自嘲说，恐怕放眼整个大学，大概也只有新闻与公共关系专业的学生，需要上

JULIE CHEN / LESLIE MOONV
GILBERT CISNEROS
JACKI AND GIL
ASS

"语法"这样的基础课了。

除了语法与格式外，我们还要学习新闻稿写作。这堂课才进行到学期的一半，使我印象深刻的，却有好几件事。在一节课上，教授只给我们 40 分钟时间，要求完成两份速报。我写文字一直有拖延的毛病，所幸症状还不算无药可救，算是勉勉强强地在规定时间内完成了写作。不过，因为精神高度集中，结束后我恍惚了好久。

虽然课上得艰难，但进步确很明显。英文中规定的写作格式有好几个，比方说 MAL、Chicago Style、AP Style 等，在不同情况下，有不同的写作格式。例如 AP Style，就是针对专业新闻稿写作的格式。大部分人对此都搞不清楚，写作时也是各种"乱炖"。在经历了比较系统的学习后，我再浏览各类网页时，总会下意识地去"审查"一下，发现至少有一半的新闻稿，都出现了或大或小的格式错误。

跟我同专业的中国人只有两个，其余的朋友大都是传播学院的。我发现这个学院挺有意思的一点，就是同学们大致分为两类。不是过分自信，就是杞人忧天。似乎这样的两极化都不太可取。

记得刚迈入大学时，我通过微信结识了同一个学院的男生。因为我没有熟人，起初很激动，沉浸在"终于找到组织"的喜悦当中。经过几次交流，发现他实在嘚瑟，遂不再来往。为什么这么说呢？因为他几次三番跟我说："我们可别理其他学院的学生，咱们学院可是全美排名第一呢！"感谢微信，如果我们是当面交谈，我很有可能控制不住送他几个白眼。我很想说，学院全美第一，又不代表你是全美第一。

而最近这些天来，我的几位同学相继向我吐露了她们对未来的担忧，因为无论在中国，还是美国，传媒领域的职业前景都不甚乐观，她们闷闷不乐地表示，是否需要重新换个专业。可换个专业，就一定能高枕无忧吗？这个世界唯一不变的就是变化。公关也好，传媒也罢，四年学习，收获更多的，是一种能力，应对这个世界瞬息万变的能力，而不是简单的技术。即便未来我们不再从事与新闻传播有关的工作，与人沟通的能力与技巧，恰恰在每一个领域都非常需要。所以，无论外部世界如何变化，我认为兴趣永远是决定专业方向的第一要素，之后才是就业前景、薪资待遇等更为实际的辅助因素。

功利其实没有什么不好，错就错在有些人的功利周期太短，只看到眼前的繁华世界，通常这样的人生，被压缩到只剩下一本字典的厚度。

溪游记：行走在美国

Part 3

“朝花朝拾”

引　言

鲁迅先生曾在晚年写过一本《朝花夕拾》，我虽然远远不及他老人家，但也很想尝试尝试。而且，对于我这样一个重度“健忘症”患者来说，回忆更要趁早。

每个人的中学时代，都有属于自己的独家记忆。当你走进我的中学生活，希望你能用心聆听——我的成长之音。

继续长大，勇往直前。仍然是当下，我最需要做的事。

当时只道是寻常

前几日，沉寂许久的高中QQ群终于有人冒了泡泡，原来是“热心群众”想要举办毕业后的第一次同学会。一时间，评论区里炸了锅，纷纷回忆起上高中时的许多陈年旧事。

在我来到美国读书前，我曾在国内上过一段时间高中。我的这个说起来不很亲切的母校，在当地一直以严格的军事化管理著称，并且有着许多“奇葩”的规定。譬如说每天十五个小时的上课时间，强制性住宿，以及跑操和早读之前的早早读等。那时，我对于高一生活实在谈不上喜欢。每天例行的一件事，就是吐槽学校种种“非人道的劣迹”。只是此去经年，落英缤纷。现在再回忆那些，当时只道是寻常的尘封往事，却也让我唏嘘不已，颇为感怀。

我在国内短暂的高中生涯中，特别值得一提的就是宿舍生活了。

我的宿舍实在太小，本来只够放八个床位，因为人多，硬是在中间的过道上，又增加了两个床铺。奇怪的是，男生宿舍则是标准的八人一间，我记得当时还为此愤愤不平了很久。我的床铺，在房间最里头靠近窗户的一个下铺位置，是宽约八十厘米的一张小床。由于我睡

觉不太安稳，曾经睡着睡着，从床上滚到地上，再在半梦半醒之间爬上床来。

在高中之前，我完全没有任何住校经验。所以，刚开始住宿的日子，我很不适应。从下晚自习到熄灯，只有短短二十分钟，时间总是不够。每当我手忙脚乱地洗完校服，刷牙洗脸之后，就到了熄灯时间。开学的头一个星期，每天熄灯后，当我精疲力竭地躺在窄小的床上，总会睁着空洞的眼睛发呆。

透过黑暗，眼前似乎能浮现起家里一米八的大床、宽敞的浴室和全自动洗衣机。想着想着，我不禁悲从中来，留下两行热泪。只是，流泪的情况并没有持续很久，很快我就融入“团结紧张、严肃活泼”

的集体生活，并逐渐变成了“老油条”。

在许多人看来，我是个乖学生。当然，我也这样认为。但是回想宿舍生活的趣事，现在印象深刻的，却大多是那些学校不让做、我却仍偷偷在做的事情。比如，带电子设备进学校。学校里明令禁止，如果发现一律没收。即便如此，仍然有许多同学和我一样“铤而走险”。

某天晚上熄灯后，彼时正陷入电视剧“霸道总裁爱上我”无法自拔的朋友，轻声招呼我过去看泰国版“浪漫满屋”。我对泰剧实在没什么兴趣，但是聊胜于无，我飞快地跑到她的被窝。为了防止手机灯光在黑暗里太扎眼，我们一把将被子盖过头来。看了几分钟，我有些意兴阑珊。正当掀起被子想要撤退之际，突然听到外面老师的脚步声，我被吓得立马又蒙起被子缩了回去。不知道老师何时离开，我和朋友硬生生在密不透风的被子里蒙了十多分钟，险些窒息而亡，出来后颇有些“劫后余生”的庆幸。

在宿舍里偷看闲书，也是大多数人的成长经历。无论是武侠、言情、推理小说，还是《读者》《少年文艺》这样的书刊，只要不是教科书，一律被校方称为闲书。而闲书，自然逃不脱被没收的宿命。不过，从理论上来讲，由于书外表的天然迷惑性，看闲书应该不太容易被抓到。但是，一旦碰到思维缜密、心细如麻的处女座巡逻老师，走进宿舍查房之时，也是我等求知少女被抓之日。

有一天，来查房的老师是一位年轻的物理老师。她一进到我们宿舍，先是气定神闲地转了一圈，然后在过道上站定，优哉游哉地扫视上铺。就这么云淡风轻地一扫，立即发现了睡在我对面上铺同学的“不明物体”。老师示意那位同学把枕头下的书拿给她，同学虽不愿意但也只好照做。老师拿到书后，瞄了一眼，颇有些“一切尽在掌握”的志得意满，“是《何以笙箫默》啊，老师原来上学时也看过。但是你现在不能看，让我拿回去重温一下吧”。

所谓“名校”，大致都有传统。我们这所学校，对待此类非教科书，一直采取零容忍。有些讽刺意味的是，距学校一步之遥的文具店和书店里，堆满了各式各样、五花八门的报刊小说。估计这些店家，具有长期“对敌斗争”的经验，知道怎样从内部击破“革命堡垒”。而对当时的我来说，这些“闲书”的诱惑力远远大于手机。父母给我充饭卡的零花钱，每次我也会省下不少去买书。学校每周日有三个小时自由活动的时间，我常常利用这个时间光顾书店。

也许自由的时间太短了，我都来不及细细翻阅，每次都是随便拿一本就走。买完书之后，我还想着赶紧回到宿舍，抓紧剩下的时间看看这些书。现在回忆起来，当时所买的书，以杂志居多，基本上是《看天下》《中国周刊》等。当然，关于娱乐、言情的书，我也没少看。虽然书的质量良莠不齐，却给了我海量的信息。我现在用到的知识，很多恰恰是从那些不被学校认可的“闲书”中积累的。

学校里符合“民心”的规定不多，允许学生吃方便面，却可算得上是其中之一。想想看，尤其在寒风瑟瑟的冬季，同学们饥肠辘辘地回到宿舍，如果可以吃到一包热腾腾的方便面，似乎觉得一天都变得圆满起来。但是，如同成功者的路上布满荆棘一样，要想吃到这样一包热腾腾的泡面，也不是一帆风顺。每次排队打完热水，吃泡面的时间也就所剩不多了。在这个情况下，我就摸索出了一套夜间作业的方法。（所以，无数创新都是走投无路的结果。）方式如下，模仿者后果自负。熄灯后，我和“志同道合”的好友各自从床上一跃而起，小心翼翼地（或者说是做贼心虚地）将被子拱成有人睡在里头的样子，拿着事前泡好的方便面跑去阳台，蹲在门后（因为这是能避开巡逻老师灯光扫视的唯一盲区），飞快地将泡面解决掉。然后，我们再偷偷溜进宿舍卫生间，摸黑完成刷牙、洗脸等一系列常规动作，“故作镇定”地回到床上，摸着吃得圆滚滚的肚子开心地睡觉。

放纵吃面的结果，是我高中一年里长胖了七斤。每次放假回家，父母都会惊奇地发现我又变胖了，并由此断定我没有认真学习。那时候，我真委屈得想要呐喊：“不！我只是泡面吃多了。”

人真是个很奇怪的生物。

曾经未被温柔对待的时光，经过时间的涤荡，似乎也变得生动鲜活，有了提及能令人莞尔的会心与坦然。

时至今日，我还能清晰地回忆起当年某时某刻，窄小凌乱的床铺，眼泪汪汪的少女，枕头下的闲书，圆滚滚的肚子，压抑中的幸福。它们与青春一起，构成了我青葱的高中时光。

我的室友们（上）

躲在墙角里 / 偷偷地哭泣 / 我犹豫的你 / 不需谁懂你 / 爱是什么 / 我还不知道 / 我不懂永远 / 我不懂自己

——《中学时代》水木年华

许是班级人数众多且学习繁忙的缘故，整个高一念下来，我较为熟悉的，除了跟我在同一屋檐下生活的室友，再没有其他人。

我睡的是下铺，床又临窗，在宿舍里简直是块风水宝地。也许只有睡过下铺的同胞，才会有这样类似的“痛的感悟”。这张床，理论上产权归你，但只是在你睡觉时归你，其余时间就成了公共领地，永远被一帮“钉子户”霸占。如果光是纯聊天倒也罢了，大多数时间，这帮“钉子户”聚集在此，开怀大吃。等到熄灯铃响起，所有人立即作鸟兽散，只剩下一只满得快溢出来的垃圾桶，静静地立在床边，与我大眼瞪小眼。

睡在我上铺的 L 同学，特别喜欢熄灯后躺在床上吃东西。我经常在黑暗中，听到上铺传来刺耳的“咔嚓咔嚓”嚼虾条的声音。吃完后，这位“仁兄”把垃圾从上铺扔下来。虽在黑暗中，我还是能在脑海中画出包装纸从我的上铺飘飘悠悠落下的完美曲线。什么时候吃零食，当然是别人的自由。但是，L 同学这样乱丢垃圾就很影响宿舍卫生了。为了不破坏睦邻友好的“双边关系”，起初，我会顺手把垃圾捡起，放进垃圾桶。可是天长日久，我也开始有了怨言。特别是当宿管批评我不要乱扔垃圾时，我总是很委屈地想：“明明不是我扔的，为什么我又要帮忙捡，还要背黑锅？”

渐渐地，我不再主动帮她捡垃圾。现在想起来，只叹息自己当年的幼稚，是谁扔的垃圾，难道那么重要？成人达己，帮同学捡下垃圾又何妨？

当然，我不捡垃圾的本意，是想“培养”L 同学的公德意识。谁知道，我的小计划落了空。她一如既往，只是捡垃圾的“责任人”变成了 J 同学。J 同学睡在离我直线距离最远的一个下铺，加上她不善言辞，我之前与她只算得上点头之交。但因为捡垃圾这件事，我对 J 同学开始多了些关注。

原以为她只是一时之举，但渐渐我发现，整个宿舍卫生，似乎都被她“承包”了。每天早晨，当大部分同学起床后，J 同学都会飞快地把下铺床边出现的各种不明包装纸捡起来。熄灯前，她拿着垃圾桶示意大家把垃圾扔进去。其实，宿舍里每天都有两名值日生，轮流负责清洁卫生。但是宿舍里人多脚杂，经常有前脚刚打扫好，后脚有人弄脏的事情发生。一般情况下，大家都会特别默契地当作没看到。毕竟，谁都不想自告奋勇再拖一遍地。

唯一例外的只有 J 同学，无论是不是她值日，一旦见到地上脏了，她就会主动拿起扫把清扫地面。久而久之，整个宿舍的人都已习惯了J同学雷锋一般公而忘私的情怀。离开学校后，大家对她竟有了诸多想念。时至今日，我才意识到高中时自己诸多不合时宜的幼稚和率真，但倘若时间可以倒流，我似乎仍然无法像J同学一样有如此的高境界。

平日里，J同学十分安静，但并不孤僻。当大家下了晚自习，聚在一起叽叽喳喳说话时，她会在旁边静静地听着，绝不抢一点儿风头。所以，大家虽然和她谈不上熟络，倒是对她印象一直不错。特别是当我年龄渐长，遇见的人越多，越发地觉得J同学身上除了“无私奉献”以外的大智慧，恪守本分，接纳一切，有正义感，都是她的可贵之处。对世间所有人来说，她身上的这些品质都是特别难得的。

正如每个班都会出现一两个“奇葩”一样，睡在宿舍下铺的另一个同学T，可以担得起这个响亮的名号。在我看来，她的所作所为都令人匪夷所思。每天，她都在抓紧一切空闲时间做两件事。第一件事是吹嘘自己家多么富有，但从她的穿衣打扮到谈吐举止，却不得不让人生疑。第二件事则是把学校当作相亲大会，她曾十分自豪地说她妈妈帮她算命，班里至少有十多个男生暗恋她。我除了说句“Excuse me”之外，似乎没有什么能表达的。

而最最让我瞠目结舌的，就是她曾向我们展示的一个六面镜。她不无得意地告诉我们，这个六面镜可以带来厄运，她看谁不爽，晚上就把镜子对着谁。我对于她这种迷信的说法，简直想翻个白眼儿，但到了晚上，还是会偷偷瞄上一眼，看这镜子有没有对着我。

我不记得从哪里听来一句话：孩子是世界上最邪恶的生物。现在想想不无道理。年少时，我们总将无知幼稚当作武器，并引以为傲。我上学时非常讨厌这位 T 同学，同其他朋友背地里也说了不少嘲讽她的话。记得当我要离开学校时，我还在心里呐喊：就算我忘了所有人，我也不会忘记这个“奇葩”的 T 同学。

只是才过了几年不到的时间，现在，即使我偶尔想起她，虽仍然会习惯性地皱起眉头，我却逐渐遗忘了讨厌她的一条条理由。不知道是时间淡化了一切，还是我已学会接纳一切人。但愿是后者。

我的室友们（下）

当然，宿舍生活也让我结识到惺惺相惜的朋友。人和人的因缘际会，实在是奇妙万分。我跟这位朋友的认识，可以概括为一句话：“只是因为在人群中多看了你一眼。”

开学前一天，我提前去宿舍报到。一踏进大门，就被宿舍的“艰苦条件”磨光了士气。所以，我选择两手一摊，靠着床柱百无聊赖地看着父母帮我整理东西。这时，我忽然感到有人“目光灼灼”地注视着我“生无可恋”的脸。我顺着视线看过去，眼神和坐在对面床铺的一个女生相遇了。我看着她，挠了挠脑袋，她瞧着我，眨了几下眼，于是我们不约而同地笑出了声。就这样，我们自然而然地开始聊天。接着，我们成了同桌和朋友。

值得一提的是，班级每两个月就会进行一次座位调动，但是在各种巧合之下，我们成为班级里仅剩的两个没有换过座位的人，足足做了一年同桌。唯一的遗憾，就是每次听到《同桌的你》时，我都会起鸡皮疙瘩，全无共鸣。

拜她初中时积累的住宿经验所赐，在我刚刚开始宿舍生活无所适从时，她给了我许多帮助。比如，如何合理安排每天的闲暇时间，什么时候洗澡，哪层楼洗澡的人最少，我都是依葫芦画瓢，照着她的程序来。

高中生活的辛苦，自然不必过多描述，但因为这位朋友，我似乎体会到苦中作乐的闲趣。我们平日的娱乐活动就是聊天，内容无非是些没什么营养的琐事八卦，我们却乐此不疲。有的时候聊得兴起，我俩在自习课上也要“情不自禁”地偷偷“交流一下感情”。为此，我们没少被突然冒出来的班主任和巡逻老师报以白眼和怒目。

写到这里，我努力想要记起我们相处中互有摩擦的情景，毕竟从文章结构和读者期待来说，矛盾产生美嘛。不过，任我抓耳挠腮，还是回忆不出。唯一记得的，姑且算得上让我着急的一件事，是有天我们该去上晚自习了，而她仍在慢条斯理地洗衣服，我当时颇有些恼怒，大声地催促她。不难想象那时的我，穿着松松垮垮的校服，一手拿着苹果，一手拿着外套，在宿舍走廊里扯着嗓子：“快点！快点！我们就要迟到了！”如今想起，除了感叹我万年不变的急性子，更多的却是添了一份羡慕。随着年龄增加，中学时代肆无忌惮的吼叫和奔跑，似乎也与我渐行渐远了。

我以学生的身份生活了十多年，与我曾有交集的同学也早已超过百位。作为“资深”学界人士，我真实地感受到少年时期友情的脆弱。即使是上学时关系最好的朋友，随着毕业之后各奔东西，友情也如过眼云烟，渐消渐失。不知从何时起，彼时能够亲切叫出的名字，竟变得模糊、陌生。“友谊天长地久”的豪迈话语，似乎还萦绕在耳，现实却只剩下逢年过节时疏离、客套的寒暄。所以，我常常思索，到底要如何维系一段友情呢？

一位我十分欣赏的艺术家曾在访谈里说过，保持友谊需要敬而远之。我在很长的一段时间里，对这句话并不理解。我有太多的旧时伙伴，就是因为疏于交流，反倒不再联络，何来保持友谊需要敬而远之这一说呢？我翻阅朋友圈时，似乎找到了这个困惑我许久的答案。虽然通信录里的同学不少，但是现在仍有联系的，却只剩下我刚刚提到的那位高中同伴。离开原来的中学五年多了，而我们却一直保持着友谊。平日里，我不喜用社交软件，朋友间几乎没有互动。不过，我们的友谊并没有因此而变淡。每到假期，回到同一座城市，我们一定会小聚一下，谈谈一年中发生的趣事。

现在想来，敬而远之并没有错，但是这个“远”要适度。这距离，既不能太远，也不宜太近。在这不远不近的舒适距离里，友情才能保持长久。

发型变迁史

天上白玉京，十二楼五城。仙人抚我顶，结发受长生。

——李白

伴随我成长的，是一路与发型斗智斗勇的辛酸史。

五岁之前，我大部分时间与爷爷奶奶住在一起。由于奶奶怕麻烦，那时候，我一直留着与男孩子一样的板寸头。但与那些天生偏爱中性风的女生不同，我从小就十分执着于穿裙子打扮自己。所以，翻看旧时相册，童年时候的我，总感觉像是一个小男生偷穿了姐姐的衣服，分外滑稽。我在照片中，千篇一律地顶着男孩子的发型，却穿着各式各样的花裙子，翘着兰花指摆造型。

后来，我告别了板寸，留起了头发，但也仅是将头发留起来而已。我太喜欢折腾自己的头发了，每隔两三年，总会因为各种各样的人和理由，将头发剪短。记得小学三年级时，姑姑一心想要表姐剪个短发，便拉着我和表姐去了理发店。最后的结果却是，本该作陪的我，却在姑姑和店员的游说下，脑袋一热做了表率，剪了个童花头。

而表姐则是“毫发无损”，淡定地走出理发店。

于是，就这么磕磕绊绊，我的头发基本处于不长不短，刚刚超过肩膀的尴尬位置。直至初中，我羡慕起一些女同学长发飘逸的“大众女神”造型，才决定开始留长发。

但我渐渐发现，留长发实在是一件奢侈的事情，不适合我等穷酸学生。首先，长发需要精心打理，每次洗头都要仔细地擦护发素，隔三岔五还得用用发膜，才不会使发梢分叉，从而保持头发的乌黑亮丽。其次，留长发需要耐得住寂寞，忍得了酷暑。学校里的空调似乎永远是个摆设，只有风扇不知疲劳地转动，将噪声和热风源源不断地送到教室的任何一处。每到潮湿闷热的天气，长发都会湿漉漉地黏在脖子上，令人好不难受。

时值中考前的某一天，我终于无法忍受之前求之不得、越留越长的头发。对一旁陪着我写作业的妈妈说：“妈，要不帮我把头发稍微修剪一段吧。”我一边说，一边用手比画了一个约五厘米的长度，“剪这么多就够了。”“那还不容易，我可是帮你爸理过发的人！”妈妈满口答应，示意我坐好，并把垃圾桶放在我身后。

准备就绪，只见我妈一手拿着梳子，一手拿起剪刀。她先“装模作样”地用梳子在我脑袋上比画，再提起我的一撮头发，然后操起剪刀，只听痛快的“咔嚓”一声，我感觉头上一轻，如释重负。我有些疑惑，这小小一把头发，竟可以带来令我脑袋负荷顿减的效果。但因为看不到身后，我没敢贸然开口。

这时，一旁路过的老爸看到此番情景，沉默了一会儿，然后对他亲爱的老婆说：“好像下手有点重啊。”我一听，大感不妙，挣扎着要站起来，却被妈妈一把摁在原地，在她一不做二不休地“咔咔”几下之后，我的头发就被横着一溜儿地剪完了。事毕，我冲到镜子前，发现左半边的头发比右半边的整整短了一截。我看着自己参差不齐的头发，悲痛万分，不敢相信在短短十分钟内，我那来之不易的头发竟惨遭如此毒手。妈妈却很不以为然，认为她生平剪头发发生的唯一一次失误，完全是因为我一直乱动、不听指挥造成的。那个神态，特别像个新闻发言人。

第二天一早，我戴着帽子，灰头土脸地同妈妈直奔理发店。当帽子被揭开的那一刻，我可以清晰地听到理发师倒抽了一口凉气。老妈先发制人，对理发师说道：“都怪我女儿，前两天去乡下，结果被乡下的理发师倒腾成这个样子。师傅，得麻烦你帮忙弥补一下了。”我听了没说话，却从镜子里狠狠地瞪了我妈一眼，替“乡下的理发师”说：“这锅我们不背。”

由于我的发型实在太过非主流，连请来的所谓发型总监也无能为力，最后只好把头发全部剪短。当我从镜子里端详着“一夜回到解放前”的头发时，只想哭着唱一句，这是多么痛的领悟！

既然讲到理发店，那就不得不提那些年我在理发店遭受的血与泪的教训。

但凡去过理发店的，大都领略过它的套路，只是明知是套路，时至今日，除了眯着眼往里跳，我仍然不知道如何应对。每次去理发店，从洗头开始，就会有源源不断的 Tony、Jason、Kevin 来“嘘寒问暖”，告诉我，我的头发是多么枯燥，我的眉毛是多么奇怪，我是多么需要 ×× 产品来护理和改善这个惨状。

起初，我还义正词严地拒绝，但是当 Tony、Jason、Kevin 走后，又来了一波 Andy、Jack、Daniel 继续游说，我就无法抵挡了。所以在理发店，我曾经花四十块巨资洗头，原因是，洗头小妹答应，给我找个专业理发师帮忙吹头发；我曾在烫头发时，被成功忽悠，让发型师往我脑袋上抹了那神奇的 ×× 修复产品；我也曾花了两倍的价格，请所谓的发型总监帮我剪头发……

被套路，被忽悠，倒并非完全不能忍受，但是遇到一些没有审美的奇葩理发师，就比较遗憾了。就在我的头发遭遇老妈毒手，沉寂了一段时间之后，重又顽强地长了起来。望着凌乱的头发，我想，换个发型会比较好。进到理发店，我表明来意，理发师对我说：“妹妹，那我帮你剪个可爱的蘑菇头怎么样？”实际上，我一直认为蘑菇头和童花头是一个发型，并且，我对小时候每隔两三年就剪的童花头 style 已产生抗体，所以连忙拒绝。理发小哥倒也没说什么，接着拿起旁边的发型杂志让我挑选。我斟酌片刻，选了一个款式，问他可不可以做出这种效果。理发小哥看了一眼，立即答应下来，并温柔地开始他的创作。其间，我又稀里糊涂地听从他的建议，做了一个修复焗油。过了一个小时，总算大功告成，理发小哥非常满意他的“杰作”，并一连夸赞这个发型与我气质相符，简直浑然天成云云。我面无表情地看着他自吹自擂，只想拍案而起，大声问他：“你为什么给我剪的还是蘑菇头？”

事后我顶着这个发型来到学校，朋友们纷纷打听我受了什么刺激，先是剪短了长发，接着又剪了个这么土的发型。更令我“无地自容”的是我做的那个乱七八糟的修复焗油，让头发光泽感十足，配上蘑菇头，像顶了一个油锅，盖在脑袋上招摇过市。

后来，到了美国，虽然我还是喜欢折腾自己的头发，但是大的纰漏反倒没有出现过。我在国内的网站上，看到过许多吐槽美国理发店的文章，也许这与地域有关，但至少我和周围的朋友并没有如此体会。我一直认为外国人的大众审美还是正常的。如果实在不放心外国人的品位，完全可以去洛杉矶华人的理发店。并且在我看来，美国的大部分理发店还算亲民。价格即使换算成人民币，也并不夸张。

虽然我在美国有了更多空闲，但去理发店的次数，却少得几乎为零了。现在，我更愿意自己动手。超市里的染发剂，从颜色到种类十分齐全，包装外壳背面，还贴心地附上各个颜色的头发，使用之后出现的不同效果图。我效仿周围其他的美国同学，自己去超市买染发剂回来DIY，简单，方便，实惠。

也正因为很少再光顾理发店的原因，我的头发又在不经意间，一点一点野蛮生长起来。现在的我，望着镜子里再次逐渐长长的头发，闭起眼祈祷：拜托，让我长发及腰吧！也许，上帝会赐予我一个男友！

又到一年吃瓜季

古人将一年划分成二十四个节气，来确定季节变迁。但是，现代人往往不常用这老祖宗留下来的传统办法了。如何判断季节的更迭，每个人显然都有不同的评判标准和方法。于我这样的“吃货”，我喜欢用各个季节特有的食物“以偏概全”，来代表一个季节。就比如，我总是用西瓜作为参照物，来感知夏天。

当外头的街道两旁出现推着三轮车卖西瓜的小贩时，就是夏天到了的第一个信号；当堆放西瓜的三轮车变成了大卡车，西瓜价格降至最低时，那就应当是在三伏天了；伴随着卖西瓜的流动小贩一个一个地减少，夏天也到了尾声。

虽然现在可以大棚种植西瓜，但是对于“冬天也能吃西瓜”这样的广告噱头，我一向不置一词。我总认为，西瓜嘛，作为时令水果，还是与夏天般配。

夏天吃西瓜，实在是一件令人开心的事，这个好心情从买西瓜开始。我家与社区的小街，仅一墙之隔，在城管这一职业还没有普及的时候，一大清早，各路小商贩就会将街道两边占满，开始做生意，其中自然不乏卖西瓜的摊位。一些生意做得比较好的卖西瓜的商贩，会带着大音响或者喇叭，他们早上将音响开启，无限循环“全场西瓜九毛九一斤，只要九毛九”这样简单粗暴的广告语。然而，这扰民且洗脑的魔音，传到我耳朵里立即成了悦耳之音。我只要一听到大音响开始广播，便会主动请缨，陪同奶奶一起去买菜，顺便到小街上买个西瓜。

我们走到“全场西瓜九毛九”的摊位前，老板从卡车上下来招呼我们：“哟，你们又来买瓜啦！我还是那句话，包您满意，瓜不甜不要钱！”老板一面说，一面递上一块切好的西瓜让我尝尝。虽然奶奶数次告诉我商贩切瓜的刀并不卫生，但我从来无法抵挡西瓜的诱惑，仍会顺从地接过来开心地吃。我一边吃，一边看着奶奶挑西瓜。装西瓜的卡车有些高，卖西瓜的老板总会跳进卡车里，奶奶则在卡车下面站着，示意老板将她看中的瓜递给她瞧瞧。

这时候，老板总会将瓜拍得啪啪作响，说道：“您看我这瓜，声音可脆了，包甜！”一般，奶奶选好了西瓜，老板给我的那片西瓜，我也吃得差不多了。我也像老板拍西瓜一样，心满意足地拍拍自己圆滚滚的肚子，牵着奶奶的手，摇摇晃晃地回家去了。

等到父母下班回家，吃过晚饭，便是吃西瓜的时候。奶奶用报纸将饭桌铺满，把西瓜放在正中，拿刀将瓜切成十几片，全家人都默契地伸出手，拿起西瓜啃了起来。大家啃西瓜的时候形态各异：爸爸和奶奶吃得最干净，啃完后，一点红色都看不见；爷爷速度最快；妈妈吃得最斯文，但速度也不慢。至于我，啃西瓜的时候，反正是毫无形象可言的。我咔哧咔哧地吃着西瓜，发出巨大的声响，西瓜汁也溅得到处都是。

WATERMELON
IN SALE

留给你一点西瓜
快吃！

我这不斯文的吃法，搁平时总会让爸爸数落几句，奇怪的是，爸爸从未因为我吃西瓜时张牙舞爪的模样批评过我。所以我琢磨，吃西瓜许是同吃日本拉面一个理儿，发出声响才是对西瓜的尊重。

到了周末，有时候亲戚来串门，我们就将西瓜拿到外面院子里吃。黄昏的时候，虽然凉风习习，却仍旧闷热，于是男士们大都赤着胳膊，女士们则扇着扇子。一大家子围着桌子唠家常，也算其乐融融。

后来，西瓜的种类变得多了起来，院子里的台子上也出现了无籽西瓜、有机西瓜、黄瓤西瓜等品种。但是，我还是喜欢原来的西瓜。虽然吐籽有些不方便，但是吐籽也有吐籽的乐趣。小时候，我总是乐此不疲地同表姐、堂弟比赛，看谁能把西瓜籽吐得更远。

与一些人不喜食榴梿不同，西瓜可以算是老少皆宜的大众水果。从爱吃西瓜这个方面来说，各个年龄段并无代沟可言，只是越往前头去，西瓜对他们的记忆，越发显得稀缺珍贵。

妈妈曾经跟我描述过她那时与西瓜不得不说的往事。在乡下，一整个夏天能吃到西瓜的次数屈指可数，所以无论大人还是小孩，对有西瓜吃的日子，都是颇为期待的。终于到了吃西瓜的日子，先将西瓜在河里洗干净，再用网兜将它兜住，然后放进水井里浸泡一个下午。拿上来后，大快朵颐地吃上一顿西瓜大餐，真是炎炎夏日难得的清凉享受。

在妈妈还没有生下我的若干年前的某一天，她熟练地将西瓜从村里的井里捞出来，咧着嘴欢快地把西瓜顶在头上往家跑。结果乐极生悲，一不留神，西瓜就掉在了地上。因为西瓜太熟了，一落地就摔得稀烂，完全没有捡起来再吃的可能。更加沮丧的是，彼时已经快要立秋了，所以那是一年里全家人最后一次吃西瓜，结果却眼睁睁地瞧着西瓜吃不着。这件事在我妈心里打下了深深的烙印，也使得当我在若干年之后，也一不留神，将西瓜摔在了地上，妈妈的第一反应却是“没错，这是我的亲生女儿”。

到了美国后，虽然西瓜丧失了感知夏季到来的功用，但是我对西瓜的喜爱，并没有随之减弱。只要看到西瓜，我都会买回来吃。只是，在美国，我从来都是挑最小的西瓜下手，因为一个人，绝对吃不下过去的那种大西瓜。每次去超市，看到西瓜我总是手痒痒的，想要上前拍一拍。一次，我在超市的西瓜摊位前，将那里的十来个西瓜挨个儿拍了个遍，抬起头发现，边上的老外奇怪地盯着我，我换位思考了一下，的确觉得刚刚的举止让人有些猜不透。回到家后，我操起刀，“哗”的一下，西瓜应声劈成两半，我拿起勺子挖着瓜瓤吃，感觉异常甜。我一面吃，一面暗自赞叹自己挑西瓜的本事，并且琢磨着中国的这个拍西瓜的方法，是不是可以作为“非物质文化遗产”走向世界呢?

现在，我和父母总是习惯将西瓜对半分开，今天先吃一半，明天再吃另外一半。只是父母拿到西瓜，总会从它的外部吃起，将最里面最甜的那一部分留给我。所以，我每每拿到父母吃剩的西瓜时，这半个西瓜总是被挖成一个四面环海的“小岛”样子。之后父母有事晚归，我拿着西瓜打算效仿，做了诸多尝试，最后选择放弃。我直到现在，也没有弄明白，父母是怎么将西瓜挖出一个“小岛”来的。

溪游记：行走在美国

Part 4

“微”观世界

残疾人

国外的残疾人很多。这是我出国以后的直观感受之一。

走在马路上，我时常看到坐着自动轮椅的残疾人，和我并排“行走”；抑或在其他一些公共场合，残疾人的身影也不少见。

我对国外残疾人详细的福利情况并不十分了解，所以，只能浮光掠影地谈谈我观察到的情况。比如美国，联邦政府对残疾人最大的两个福利，主要体现在社会安全残疾保险和社会安全生活补助金上。残疾人有自己的专属保险，以保证未来生活之需。

虽然关于堕胎与社会达尔文主义的争论，至今从未间断，但许多有宗教信仰的美国人，还是选择将身体不健康的胎儿生下来。美国政府对这样的家庭给予补贴，残疾人可以每月到社会安全保险管理机构领取补助金。社会上的其他非营利组织，譬如食品银行等，也会经常自发地开展关爱残疾人的活动。

前几年少不更事，我一度非常希望拥有由联邦政府提供给残疾人使用的轮椅。那是因为美国的轮椅不仅速度飞快，而且只需要动动手指，即可完成掉头、向左、向右等一系列操作，集“酷、炫、狂、

踱”于一身。当我在街头慢吞吞地走着，他们的自动轮椅，速度惊人地从我身边“呼啸而过”。

另外，美国在公共场所对残疾人也有颇多照顾。但凡有楼梯，另一侧一定设有缓坡供残疾人通行，以避免他们无法上下楼的尴尬。在停车场，通常都有几个只允许残疾人使用的车位。刚会开车那会儿，有次停车，我找到了离商店最近的车位。还没来得及沾沾自喜，我一抬头，发现了“仅限残疾人”的标志，只好悻悻离开。后来发现，离商店最近、最便利的那几个车位，永远都是留给残疾人的。

大学校园里的残疾人也很常见，每年各个学校都会给残疾人留有相应比例的入学名额。学期伊始，校方会给每位学生发邮件，动员大家成为帮助残疾人记笔记的志愿者。确保每节课都有志愿者，能为行动不便的残疾人提供笔记。此外，大型阶梯教室设有专门为残疾人提供的座位，考试时也会有特殊的考场或专座，满足这一群体的需要。

去年的欧洲史课，我有一位残疾人课友。他个头矮小，右手臂因发育不全而比常人短了一截。他用自己的半截胳膊夹着笔写字，不需要别人帮忙代记笔记。有时上课，我会被他灵活的笔记动作吸引。在沉闷的历史课堂上，他却是个活跃分子。回答问题时情绪亢奋，以至每每发言后，他的脸庞总会像喝醉了一样，红彤彤的。这使我感到滑稽又悲哀。滑稽的是他涨红的脸庞，感到悲哀的是，比起四肢不健全的他来，课堂上面无表情、一言不发的我们，却是某些精神方面的残疾人。

很多旅日作家形容日本是老人和孩子的天堂。要我说，这句话并不全面。所有的弱势群体，在日本都得到了应有的尊重。比方说，随着 Metoo 等运动如火如荼地展开，日本女性权利在近年来有了显著提高，这点从公共场所的设置上可见一斑。

在大阪去往京都的路上，我看到一节特殊的车厢。车身上写着“女性专用车”五个粉色大字。顾名思义，这节车厢的乘客都是女性。2000 年，东京率先设置此类车厢来防止公车痴汉。此后，日本多地陆续推广女性专用车厢。除此之外，地铁和其他公共交通，也都设有服务弱势群体的座位。上下班高峰期，人们即便站着，也不会随意乱坐。

总体上，日本的残疾人数量不少。我去过很多国家，日本的盲道，大概是我见过的盲道中最不“形式主义”的。为什么这么说呢?基本上，只要有路的地方，一定会铺上盲道。并且，为了方便使用，盲道会被设置在人行道的中间。当我拖着 20 公斤重的行李箱，行走在日本“坑坑洼洼”的道路上，颇有些崩溃。因为我无论怎么绕，行

女性専用車
Women Only
おおさか東線、大和路線は除く
Except Ōsaka Higashi Line, Yamatoji Line

李箱都不可避免地碰到在哪儿都占据 C 位的盲人道。除了盲道外，每个红绿灯还设有声音提示器，用来帮助盲人过马路。公共设施的人性化，充分满足了盲人的出行需求，盲人们也不惧怕在“车水马龙”下生活。

我在京都遇到一对盲人夫妻。他们携手旅行，怡然自得。在盲道无法全面覆盖的山间，便拿出导盲棍引导。景点游客多，且山路泥泞，并不好走。我提心吊胆地看着这对夫妻，生怕他们被人流冲散或者摔倒。但很快，我的顾虑消除了，路人听到导盲棍的声响，纷纷为他们留出足够的空间，尽量不让其碰到任何障碍。导盲棍在青石子路上发出“咚—咚—咚”的清脆声音，伴随这对夫妻平稳、安全地走着，渐渐消失在我的视线之外。

每一个国家都有弱势群体存在，残疾人则是弱中之弱，关注他们的日常生活，恰是一个国家文明程度最实际的反映。其实，残疾人与肌体健全的人一样，都是社会的一分子。正因其肌体残障，社会才要创造各种便利，让他们能与正常人相对平等地共享社会昌明的成果。

地　铁

小时候家乡没有地铁。那时，在我沉迷的肥皂剧里，总会出现衣着靓丽的主人公，踩着高跟鞋乘坐地铁的场景。潜意识告诉我，地铁是一个阶层的“高尚”生活。因此，每到上海，我都会吵着嚷着要坐地铁出行。一张小小的地铁卡，承载着一个少年的远方和梦想，对我具有绝对的吸引力。我的爸爸可能也有一种地铁情结，拥有北、上、广、深诸多城市的地铁卡。每当他掏出地铁卡的瞬间，都是我对他无比景仰的时刻。

我一直到 15 岁，都没有单独乘坐地铁的经历。可想而知，我人生第一次去地铁站买票，是多么忐忑。更加令人难忘的是，这个“第一次”发生在旧金山，那是我到达美国的第一站。

首先是买票。我在自动售票机前站定，在密密麻麻的英文单词中，艰难地锁定我要找的单词。然而，红的、黄的、绿的、蓝的线路，弯弯绕绕，纵横交错。我擦了擦眼睛，看了又看，仍然不知道自己到底要乘哪一条线路。所幸，排在后面的路人帮我买好了票。后来听美国朋友说，旧金山的地铁线路非常复杂，第一次看不懂也算在情理之中。不过，令人汗颜的是，直到现在，遇到稍显复杂的地铁线路，我的大脑仍处于自动死机的状态，还得向路人求助。

旧金山的地铁叫 Bart。我住的地方位于旧金山辖下的伯克利小镇，坐上 Bart，仅需十来分钟。一出地铁口，就到 downtown，方便快捷。我在旧金山待了一个月，搭乘过几次 Bart，不知道是不是错峰的缘故，搭乘 Bart 的人并不多，大部分乘客都有座位。人们有的在看手机，有的则抱着本书。那也是我第一次见到有人在地铁上看书，印象颇为深刻。

在 Bart 上还发生过一个插曲。有次从金门大桥骑车回来，与我顺路的是个瑞典男生。我俩虽然在一个自行车队里，但算不上很熟。那时已是晚上十点，本以为这个点坐 Bart 的人不会多。出乎意料，位置几乎都被占满了。其中，大部分是情侣。很多人可能略有耳闻，

旧金山的同性恋比例居全美第一。因此，便出现了我前面两个女生在kiss，左边站着的两个男生在拥吻。初来乍到的我，受到如此异质文化的冲击，如坐针毡。我的眼睛朝前面看也不是，往左面看也不是，只能跟这位瑞典男生尴尬且僵硬地并肩站着。

洛杉矶的公共交通，常常被生活在此的人们吐槽。洛杉矶市域面积大，由88个城市组成，但公共交通基本集中在市中心及周边，大部分地区处于没有公共交通通达的状态。因此，倘若在洛杉矶没有汽车，几乎寸步难行。

不过，大学修的一节研究可持续的课，倒是改变了我对公共交通的一些认识偏差。洛杉矶的大型捷运系统（Metro），分为各个不同的线路。大部分人提到Metro，想到的便是在LA出现频率较高的公交车。鲜为人知的是，洛杉矶其实是有地铁的，甚至有BRT（快速公交）的存在。只不过，地铁和BRT都仅仅局限在某个城市，并没有覆盖整个洛杉矶市域。我居住在市中心，平时乘坐公交车去距离二三英里的地方，感觉还挺方便。

美国的公共交通一直被称作“colored people”（有色人种）的出行工具。在公共交通上，的确不常见到白人的身影，大部分都是黑人和拉丁裔。Metro上也有不少流浪汉和醉汉。所以，不太建议晚上单独乘坐公共交通出行。

我很喜欢一首歌，叫作《十点半的地铁》。男歌手温柔地唱道“十点半的地铁，每个人都有了座位”。只不过，此歌一出，不少人评论歌词不太写实，“很多城市的地铁，十点半还是没有座位”。

我从未有过晚上十点半地铁出行的经历，故无从验证十点半的地铁有无空座的问题。但地铁的拥挤，也令我感慨。“挤地铁、挤地铁”，顾名思义，不挤怎么叫地铁？上下班高峰，换乘经常动辄半个小时。一个挨着一个，无法动弹。漫长的等待、闭塞的空间，让空气里弥漫着烦躁和急促。你若不小心动了一下，边上人会瞄你一眼，然后不耐烦地发出“啧”的一声。夏天挤地铁，更令人抓狂。封闭狭小的车厢里，汗味、臭味、发腻的香水味、食物的味道，五味杂陈，齐齐来袭。小时候地铁给我带来的“高大上”印象，就这样被现实狠狠打碎了。

尽管如此，我仍然喜欢坐地铁。当然，理由肯定与小时候不同。一小节车厢，就是一个微缩的社会。地铁，给我提供了近距离接触不同阶层的可能。

据我观察，乘客中 80% 的人抱着手机。他们或是噼里啪啦地打着字，或是手指飞快地滑动着屏幕，总之，繁忙无比。只不过，其中有很多是“假装忙碌”。他们打开微信，偏偏这个时候没有人发来新消息，只能一遍又一遍翻看并没有更新的朋友圈。另外的 10%，低着脑袋睡觉，或处于昏昏欲睡的状态。剩下的 10%，有的目光呆滞，背着包，身子后倾，戴着耳机，双眼无神地直视前方；有的歪着脑袋，嘴里轻声哼着变调的小曲，手在腿上不自觉地比画。还有一类人，尤其吸引我的注意。每每上来一个年轻女生，这类人便从头到脚、肆无忌惮地打量。男生会在心中默默给这位女生打分。要是好看的话，便会露骨地盯着她看；女生则会留意其衣着打扮，要是背着名牌包，她们便在心中嘀咕，这肯定是假的吧云云。

当然，地铁人挤人的现象，绝非某个国家的特色。前一阵子我去

日本，回来有人问我：“不是说日本人很爱干净，很有礼貌吗？据说在地铁上，大家会保持一定距离，是不是呀？”

我下意识地翻了个白眼，无奈地说：“这也太夸张了，谁被这么挤着，还会有好心情？”

日本地铁干线的确非常发达，但在人口密集的地方，仍免不了一个“挤”字。我在东京新宿，被密密麻麻赶地铁的“僵尸大军”吓了一跳，最终等了三个班次才勉强挤上去。值得一提的是，日本地铁上设有“老弱病残孕”专用的座位，即便车厢再拥挤，大部分人还是会自觉空出那几个位置。这也算是地铁一景。

国外的地铁有个共同的特点，就是没有安检。在去日本旅行前，我跟朋友看着庞大的行李箱犯了难，后来发现，日本的地铁是没有安检的。省却了把行李箱扛上扛下、重复 N 遍这一浩大的工程。

今年暑假，我在上海住了两个月，也是我头一次频繁地使用地铁出行。由于我的防范意识为零（属于在美国从不锁门的类型），所以临行前，妈妈反复强调，要我留意自己的行李。然而，我并不以为然。当我背着没拉拉链的包，大摇大摆地赶地铁的时候，一位工作人员竟然把我拦住，示意我赶紧把拉链拉起来，最好把包放在前面。我才稍微保持了一丝警觉。

近年来，随着中国的城市化进程，地铁已成为都市人最重要的出行工具。尤其在人口密度高、面积大的一线城市，比起自己开车，地铁的确方便快捷。但是，在二三线城市，大兴土木修地铁，到底是不是真的“迫在眉睫”？

其中，也有我的家乡。大约从两年前开始，主城区的道路，因为修建地铁，很多变成了单行道，上下班总是被堵得水泄不通。另外，由于主城区幅地太小，站点间相隔太近，最近的尚不足 600 米，可能刚刚启动，就要刹车。不过没关系，城市面积不能改，地铁车长能调啊。地铁车厢缩到 6 节，问题就迎刃而解。所以说，“人才”都是特殊材料制成的嘛！什么样的难题在他们眼中都是小菜一碟。

我一直在思考，家乡的地铁开通后，乘坐率会高吗？不过，很多人并不关心这个问题。地铁，有时不完全是用来代步的，它关系到一个城市的形象。否则，怎么证明我们是一个国际化的大城市呢？顺带着替家乡的父老乡亲找到了又可以骄傲和自豪的理由。

皆大欢喜，何乐不为！

“内涵菜”

前几日，爸爸妈妈千里迢迢从中国飞到美国来“探亲”。由于“探亲”这个词里的“亲”特指我一人，所以，我的家庭地位可见一斑。爸爸妈妈刚到我的公寓，行李还未来得及放下，就立即对我宣布，这次来美国的主要任务，是专门为我这个“公主”服务。

晚上，我说想吃肉圆。第二天一大早，爸爸便开始“视察”美国人民的菜市场，挑选果蔬鲜肉，研究菜谱，忙得不亦乐乎。到了中午，热气腾腾的肉圆便上了桌。席间，我大快朵颐，很是捧场。爸爸非常开心，反倒是一旁的妈妈纳闷了。她默默看我扫荡完午饭，终于按捺不住地问：“你原来不是不爱吃肉圆的吗？”听了妈妈的话，我又低头看了看被我吃得精光的肉圆，这次轮到我纳闷了。的确，我不是一直对肉圆无感吗？爸爸做的肉圆，作料、味道、技法都同在中国时做的别无二致。那为什么我却“基因突变”，爱上原来并不喜爱的家常菜呢？

说得文艺一些，是乡愁使然吧。以往每年三十，肉圆都是年夜饭里永不会变的“景点菜”之一，就像春晚的“难忘今宵”，似乎一旦

成为经典，就再也不会主动退场。当姑姑一家，叔叔一家，来到我们家里欢聚一堂之时，奶奶便将肉圆端出，我们一边吃着肉圆一边聊着琐事，其乐融融。然而，当时我的心境却绝非享受。我嫌弃家人没完没了的聒噪；讨厌大家询问我学习成绩不合时宜的“关心”（综合大部分概率，期末考试都是我的“滑铁卢”）；憎恶耳边噼里啪啦的鞭炮声。可是，因为来到美国，我已经三年没有和家人共度除夕了。并且在短期内，也不太有机会实现这样的节日大团圆。也许，正因为如此，我潜意识中越发地怀念除夕夜里大家在饭桌上吃到的司空见惯的肉圆了。

倘若再把记忆拉长，小时候，我一直闹腾不肯入睡，奶奶就会给我讲一个睡前故事。故事的大致内容是：古代有个皇帝，因受到迫害远走他乡避难。经过一个小村庄时，他饥寒交迫。村里一个老婆婆给他做了一碗咸鱼粥，皇帝感激涕零地把粥吃完。不久，落魄的皇帝重回权力巅峰。虽然锦衣玉食，但皇帝还是对那位老婆婆烧的一碗咸鱼粥念念不忘。于是请来那位老婆婆，让老婆婆再为他烧一碗咸鱼粥。然而，吃完粥，皇帝却勃然大怒。认为此粥非彼粥，与他想象中那个曾经美味无比的咸鱼粥大相径庭，肯定是老婆婆没有用心所致。

故事接近尾声，奶奶总会在我迷迷糊糊之际，附在我耳边说道：“皇帝吃惯了山珍海味，嘴里怎么可能再吃得下那粗糙的咸鱼粥呢？”由于是睡前故事，真实与否显然不是重点，跌宕起伏的剧情才是关键。这个当初平淡至极的故事，曾经无数次陪我愉快地进入梦乡，也成为童年往事的一部分，被记忆珍藏。细究其因，可能出自我对故事结尾的疑惑。难道皇帝真如我奶奶所说，吃多了山珍海味，不喜欢咸鱼粥的味道，才勃然大怒的吗？

结合刚刚令我“纳闷”的肉圆，我仿佛找到了答案。皇帝的味觉没有改变，老婆婆的厨艺也没有退步。但是，当皇帝看到咸鱼粥的一刹那，曾经落魄苦涩的回忆也随之涌来。显然，皇帝决不会因这些回忆而快乐。至于我，隔了三年之后，重又看到肉圆，自然会想起与家人共度除夕的场景。如此，曾经不那么爱吃的肉圆，看起来也变得活色生香、亲切可人了。

饭菜的味道固然重要，更耐人寻味的却是与之有关的意境。即便漂泊他乡吃到再多的美味，过了一段日子，我可能也就模糊地想起那一时的惊艳；而当饭菜背后隐匿着的某种回忆与故事一旦被激活，再平淡无奇的菜式，也有了不平凡的意义。

我常常将这类菜统称为“内涵菜”。就像那个皇帝的咸鱼粥和我的肉圆一样。一道合格的“内涵菜”，需要具备以下特质：有文化基因，有强大后台支撑，并且擅长运用各种回忆，以便充分调动情感的分泌。

这年头，即便作为一道菜，其实也不太好混，更别提为人了。如果想要被人们长长久久地记住，那就不能只做色、香、味俱佳却空洞无物的“花瓶”。即便有一时的惊艳，还不如一道“内涵菜”来得深沉而持久。

漫画书

我反应时常比别人慢半拍。上学时，老师当堂教授的内容我永远听不懂，下课反复推敲也领会不到其中的精髓，但是过了两三天，再看到类似的题目，我突然间会醍醐灌顶。因此，我最怕的便是老师让我上讲台做题了。怕什么来什么，有一阵子，老师每节课都要点名要我上去。我也果真“不负众望”，没有几次做对过。印象深刻的一次，数学老师让我和班上“雄霸”倒数第一的男生，一起做例 1（例 1 是最简单的），结果男生做对了，我却做错了。老师也挺纳闷，明明考试成绩不差，为什么就是不能当堂做题呢?

我这“慢半拍”的特点，不仅体现在读书上，也体现在许多爱好上。小学时一度流行折星星，我对此“嗤之以鼻”，碰都没有碰过一次。结果到了初二，我突然发现了折星星的乐趣，走在哪里都在折星星。不明真相的吃瓜群众，惊讶地说：“啊，你怎么现在还在玩这个？”

对待漫画，我也是如此。小学时候，几乎所有的男生女生，人手一本《阿衰》，很多同学还买了全套。《阿衰》讲了什么呢？大致是一个叫阿衰的小男孩，在学校和朋友们调皮捣蛋的故事。与它类似的风靡校园的，还有《豌豆》。我没看过《豌豆》，但我想故事应当也是围绕校园生活的。

同学们一下课，立即从课桌抽屉里掏出漫画书，与周围朋友们热烈讨论；上课铃响了，争分夺秒地再扫上几眼，然后把书放回课桌抽屉里，为便于上课时偷看，书没有合上。另外，放学后也是同学们自由交流漫画心得的极佳时段。

这种情况下，我似乎是格格不入的存在。面对五颜六色、情节夸张生动的《阿衰》《豌豆》，我完全提不起兴趣。为了显得不那么另类，我粗粗看过一本《阿衰》，谈不上多喜欢，于是果断放弃。然而，“剧情大逆转”还是在两年后发生了。

开启我漫画时代的第一本书，是台湾漫画大师敖幼祥的《乌龙院》。当时，一个比我略大几岁的远方亲戚来城里做手术，暂住我家。临走时，他落下一本《乌龙院》。我百无聊赖地随意翻了翻，立即被卷入精彩的故事中。顾名思义，《乌龙院》讲的是师徒几人闹各种乌龙的故事。《乌龙院》系列有很多，我看的这本书，副标题叫作《桃花十八》，让我爱不释手，我不仅反复看了几遍，而且还把书放在枕头边，方便随时翻阅。

有一天，我的《乌龙院》不见了。我在家里到处寻找，终于在奶奶房间找到了。我猜，是奶奶认为看这种书影响学习，所以偷偷藏了起来。我想，这藏得也太不高明了，于是我扬扬得意地重新把漫画书拿回我的房间。然而，好景不长，没过几天，我的《乌龙院》再次失踪。这一次，任我翻箱倒柜，再也没有找到。时间一长，我渐渐忘记了寻找。下一次碰到奶奶，我一定得问问她，到底把那本书藏到哪里去了。

自此以后，我不再排斥看漫画了。虽说我对漫画算不上沉迷，但几年下来，还是看了不少漫画书，也渐渐找到了自己喜欢的漫画风格。我爱看的漫画，符合主流审美，以小清新风格为主。当中，几米的漫画作品算得上是代表。比起他最负盛名的《向左走，向右走》，我反倒更喜欢另外一本，叫作《月亮忘记了》。理由挺简单，在我看来，《向左走，向右走》描述了两个倒霉悲催的故事。男女主走来走去，硬是不能相遇。好不容易碰到了，留有电话号码的纸条，还被雨水给打湿了。而《月亮忘记了》带给我完全不一样的体验。孩子跟月亮、黄色与蓝色，都是绝佳的组合。每每翻看，都会使我联想到凡·高的《星月夜》，活泼中透露着淡淡的悲伤。后来我得知这本书是几米为了安慰一个刚刚失去父亲的小男孩所作，才恍然大悟故事为何如此温馨。

另外，朱德庸的《绝对小孩》，我也很喜欢。我不太能理解漫画中的笑点，但朱德庸独特的冷幽默，倒是很对我的胃口。

在写这篇文章时我发现，我喜欢的三位漫画家都来自台湾。不知道是巧合，还是我真的偏爱台湾风格的漫画作品。

一些人认为漫画是给小朋友看的。但我始终认为，什么事情都没有硬性的年龄规定。现在，我偶尔也会在临睡前翻几页漫画书。即便没有那么强的文学性，但它们仍旧在自己的领域里熠熠生辉。

好的漫画家，不仅需要技术过硬的绘画水平，还要具备一定的叙事能力。用几幅图、几句话把想要表达的表述清晰，并不是件轻而易举的事。

市面上的漫画书鱼龙混杂，好的漫画如同好书一样，漫画家们创作不易，遇见了好的漫画作品，就不要轻易放过，不知道这算不算是漫画之外的人生体验呢?

言情小说与怀春不遇

大约从小学四五年级开始，班级里陆续有一些早熟的女生在看言情小说。其中看得最多的是《最小说》。那时候，郭敬明的名字“如雷贯耳”，无论是他本人的小说，还是他主编的杂志，都贯穿了大多数 95 后的青涩岁月，骗取了众多“无知少女”的眼泪。我对他无感，觉得像他这种跟我三观不合的人写的书，还是少看为宜。

很多人，其中大部分是家长，质疑言情小说的文学性，提出种种反对的声音。但是言情小说嘛，就是消遣读物，我认为无须过于“大惊失色”。相反，不止一个人告诉我，看言情小说对写作文帮助很大。

看言情小说到底能不能提高作文水平，我不清楚，但用于应付应试作文，的确很有帮助。我的一位初中同学，将自己喜欢的诗词和言情小说里的经典语句，做了厚厚的一本摘抄。做这样摘抄的，不在少数。她们告诉我，这类摘抄本，可以当作语文考试宝典来用。

具体操作如下：先是在考试前把摘抄的内容飞快地扫上几眼，写作文时，不会写题记或者开头，怎么办？没事，从摘抄本里纳兰容若或者李煜的词里随便挑一句。文章字数不够，怎么办？也简单，在段落里加一些言情小说里“无病呻吟”的句子。这样一来，文章的“逼格”立即提高。这些“高深”的句子，传递出“我是多么有文化，请给我高分吧”的直观信号，令阅卷老师动容。据我观察，语文老师对这类“煽情”的调调，向来很受用。因此，大家屡试不爽。当然，凡事得有个度，必须掌握好，要是全篇都是这种云里雾里、让人摸不着头脑的话，也是铁定拿不到高分的。

初中是我看各类杂书的井喷年，结缘言情小说，也是在那个时候。几年间，我看过不少言情小说，以至现在由小说翻拍的大 IP 电视剧，我都有“惊鸿一瞥”的感觉，也算间接性地读了不少剧本。

那时，我刚有了自己的手机，会偷偷在临睡前读上半个小时电子书。一来二去，我不满足于仅仅用手机看小说，还会去书店，用节省下来的零花钱，买自己喜欢的作者的书看。不过，买是买了，但把这些书藏在哪里令我犯难。毕竟，我可从来没有在父母面前声张过。我在自己房间里转悠，找到一个隐蔽的抽屉，把我的言情小说十分宝贝地放了进去，自以为天衣无缝、无人知晓，于是就放肆购买，不久，便收集了半个抽屉的小说。不料，在我一次考试失利之后，爸爸冲到我的房间，直奔藏匿小说的柜子，把我的书全部给扔了。当时我的表情，只能用傻眼来形容。

那时候，我是某位有着“言情悲剧天后”之称的作者的“脑残粉”，几乎把她写的十几本书都看了个遍。记得有一次，我看她的一本清宫小说一直看到凌晨，完全不能抑制住内心的悲伤，为男女主人公缠绵悱恻的爱情故事，狠狠地掉了一把眼泪。第二天，我顶着红肿的眼睛上学，还被老师亲切地询问，是不是受了什么委屈。

后来，随着年纪增加，人生中“悲催”的事情越发多了起来。我不再热衷于“悲剧”扎心了，转而倒戈“霸道总裁爱上我”一类的喜剧。再后来，时光倒转，“悲情天后”得了抑郁症。

现在，我已经不再看言情小说了。有时无意同朋友聊天，发现周围风格、个性皆不同的朋友，竟然都曾看过同一本言情小说。大家一起回忆曾经“无事秋风悲画扇”的年纪，可笑却也有趣。

我还看过一本叫作《怀春不遇》的书。它不是言情小说，单独在这里拎出来，只是觉得书名挺有意思。十来岁的年纪，懵懵懂懂的少男少女，加上欲言又止的老师、家长，使得“怀春不遇”同“怀才不遇”一样，变成少男少女成长中的一大憾事。

很多女生喜欢看小说、看剧、追“爱豆”，其实都可以归结于“怀春不遇”的 N 种症状。毕竟早恋不成，还不让人 YY 吗？

名著与好书

四大名著、《骆驼祥子》《鲁滨逊漂流记》等，都属于广义上的名著，经常会出现在初高中必读篇目上。这类书大都被称为“经典中的经典”，文学性自然不用怀疑，要求学生们阅读，理由当然也很充分。

说到这里，我有点儿心虚。读书时代必看的四大名著，我正儿八经读过的，唯有《红楼梦》。剩下的三本，都是通过电视剧，粗略地知道个大概。颇具讽刺意味的是，我如此头脑空空，中考相关的题目，还给我蒙对了。延伸出另一个话题，我们为什么要看名著呢?

前阵子，和同一位爱看书的朋友聊天，据她透露，周围朋友除了我，没有一个属于主动看书型，这令她困惑。经她这么一提醒，观察自己的同龄朋友，我发现的确没有几位爱看书的。

可能是受够了上学时被逼着看书，一旦脱离老师的掌控，绝对不碰跟学习、工作无关的书籍。中国人均阅读量，连年排在全球倒数，也是事实。很多年轻人，忙着蹦迪、喝酒、猜拳，就是没空看书。不爱看书，仿佛成了中国人的另一个标签。

一位热衷看书的明星受访时，说他之所以爱看书，纯属误打误撞。因为发现自己读书少，无法跟别人自由交流。我觉得，这倒不失为一个爱读书的理由。

古往今来，很多学者苦口婆心地劝大家多读书，给出的理由五花八门。要我说，读书最大的用处，就是让自己显得不那么无知罢了。

越看书，越认为自己是个文盲。因为有太多知识不了解。同很多厉害的学者前辈交流，他们甚至也有类似的感受。然而，那些不看书的人，往往自我感觉良好。所以，从某个意义上讲，读书，也有可能是读书人另一种“自寻烦恼”的精神成长。

一些具有年代性的名著，其中观点已经不再适用于现代社会。因此，光看经典著作远远不够，各类书籍都应有所涉猎。我喜爱的书，一直以人文随笔为主，偶尔看看小说怡情。但从几年前开始，父亲会突然扔给我一本经济、管理或者科技类的书，“强迫”我阅读。于是我只好老大不情愿地看了，可后来发现这些书的确弥补了我的知识短板。

很多人会自动将名著和好书画等号。名著与好书，两者概念并不完全等同。所谓名著，是外人对作品的客观评价；而好书，更偏向于个人主观的感受。萝卜青菜，各有所爱，我在这里谈谈我心目中的好书。

林海音的《城南旧事》、蔡崇达的《皮囊》、老愚的《暮色四合》、余华的《活着》是我反复看的书。作品的成书年份和作者背景截然不同，非要说共性，可能是它们都是通过小人物来反映大时代的佳作。

不同阶段带给我不一样体验的好书，还有很多，但是这几本书给我带来的触动最大。深究原因，还是因为我主观上对于这类故事毫无来由地偏爱。前阵子跟父母去看电影《芳华》，结果看至大半，我忍不住抽泣起来。及至电影散场，灯光亮起，我仍抑制不住悲伤，其他观众纷纷被我吓得绕道而行。连我妈妈也表示惊恐，说：“这你也有共鸣啊？”我前面提及的四本书，同《芳华》一样，都是通过亦真亦假的故事，投射出小人物们在大背景下的无奈与悲欢。即便我从不曾处于那个年代，却也能感同身受。

我看书看得挺杂，林林总总的书阅读过不少，其中有我喜欢的，也有我不能理解的。譬如一些拉丁文学作品，前几年第一次看时，因为不懂而没有看完。最近重拾起来，仍是似懂非懂。

另外，学校寒暑假布置的必读和选读书单，令无数学生望而却步。书单上推荐看的书加起来多达十几本，但可惜是虚设，大部分人不会看。毕竟学校的笔头作业，能按时完成就不错了，更别提看课外书了。

美国的学校其实从小学起，也开始给学生布置读书作业。只不过，学校不会布置任何笔头作业，而是给学生足够时间，完成课外阅读。我的高中每到假期，都会开一个书单供大家阅读参考。不同年级的书单都有所不同。9 年级的学生要求看 3 本，随着年级增加，数量也会增加到 4 本。这些书单设置得十分合理，从通俗小说到哲学宗教，都有所兼顾。

饭局上，经常有些家长吹嘘自己的小孩看过某些著作。现在，要求孩子从小看各种大师作品的家长也有很多。但我以为有拔苗助长之嫌。即便孩子能说出个故事大概，不懂装懂的可能性想必更高。更何况，令家长始料未及的是，有些书的内容，并不适合孩子阅读。大人自己没有读书的习惯，却要孩子大量阅读各类名著，岂不讽刺！

纸质书

借着搬家的由头，我将自己的房间好好整理了一番。

每次坐飞机回美国，我都会从中国带几本书。几年下来，竟也累积了五十来本。于是，整理时，我顺手把这些书放在书架上。

现在，朋友们来我家，目光总会不由自主地被书架上排列整齐的书籍吸引。

“你怎么看了这么多书啊？”大家纷纷表示诧异或惊叹。

“没有没有，”我连忙摆摆手否认，“只是我喜欢看纸质书，所以看着壮观。”

小时候，大家都看纸质书。我印象最深刻的阅读纸质书的环境空间是小学时的读书角。为培养学生读书的积极性，几乎每个班级都有这么一个读书角。我所在班级的读书角在教室一隅，与另一边的扫帚拖把一起，占领了教室后面的领地。新学期开始，班主任要求每个同学，至少贡献两本课外书，放置在读书角。

我当年竞选班长失败，被老师分配去做图书管理员，感到羞愧万分，毕竟班长和图书管理员可不是一个“阶层”。后来爷爷知道了，高兴地说："这有什么，毛主席的第一项工作，也是图书管理员嘛。"我一琢磨，心态端正了，麻利地走马上任。我做了一个学期的图书管理员，每天负责登记同学们的借阅信息，还挺为这份工作而感到自豪。之后我离开了小学，但我对读书角的喜爱一丝未减。

为了防止图书丢失，一般同学会将自己不太喜欢的书贡献出来，而我拿去读书角的，都是我最宝贝的书。小学有段时间，我沉迷《明朝那些事儿》，为了向大家分享好书，我一口气把这套书全部搬到了读书角。宣传书的目的达到了，同学们对书挺喜欢，因此频繁地借阅。不过，有些人喜欢到了不愿意再还回来的地步，最后我的 6 本书全部不翼而飞，至今下落不明。

无独有偶，近几年，为了提高国民素质，城市里陆续开始设立公共读书角。在我居家的小区，就有一个类似的读书角。十几本书放在柜子里，只需要扫扫二维码，柜门打开，即可拿走自己想看的书。不过，还书则全靠自觉了。公共读书角刚落户的时候，我拍手叫好，认为居民们一定会遵守借阅归还的规定。但仅过了一周，读书角的书籍以我肉眼可见的速度飞快减少。又过了一周，我发现柜门的玻璃被砸碎了，里面空无一物。所以说，读书育人是个伪命题，读书可不见得一定能起到育人的效果。奔着教化别人的目的，往往收获的只是自我感动罢了。

一直到我上初中，电子书才开始流行，其中以休闲娱乐轻阅读为主。比如说，女生们会用电子书看各类小说，男生们喜欢看漫画等。我有时也会用手机下载两本小说，晚上躲在被窝里偷偷看。但大部分情况下，我还是以看纸质书居多。

与朋友闲聊，发现我的许多同龄人，并没有报刊亭的记忆，但报刊亭却是我初中时代的心灵栖息之所。学校附近的报刊亭，我时常光顾。报刊亭的主人是一个头发花白的老奶奶。除了卖书刊，报刊亭里还有个红色的固定电话。学校禁止带手机，因而许多同学要联系家人，都会去她那里打电话。每天放学后，报刊亭都会被同学们团团围住，但其中打电话的多，买书的少。

除了《读者》这类文学杂志，我还会固定在报刊亭买一本叫作《Easy》的音乐娱乐杂志。时至今日，我仍清楚地记得，我每周都会揣着 13 块钱去买杂志，《读者》5 块，《Easy》8 块。每次买完书，我都会在一旁看着报刊亭里各种各样的杂志发呆，心里暗想，等我有钱了，一定要把报刊亭里那些昂贵的杂志都买个遍。

毕业后，我再没去过那家报刊亭。前不久途经母校，发现报刊亭已经消失了。意识到这一点后，我顿觉，不仅这一家，城市里的报刊亭在几年间几乎都没了踪影。

随着报刊亭的消亡，中国近年来手机阅读 App 明显增多。便宜、轻巧、随心阅读，成为这些阅读软件的共同广告语。

在科技进步的同时，人们变得愈来愈不爱看纸质书。这个现象不单发生在中国，美国等西方国家也是如此，甚至来得更早一些。

亚马逊 Kindle 作为最负盛名的电子书阅读器，第一代平板电脑可追溯至 2007 年。在美国，Kindle 不算便宜，但销量惊人。许多美国人手中都有一台 Kindle，经常随身携带。即便没有买 Kindle 平板电脑，选择在亚马逊平台上买 Kindle 电子书，也是美国人极常见的消费习惯。

各类电子书平台与新媒体的崛起，给纸质书造成更大的冲击，使得几乎所有的传统媒体被迫转型。其中最为常见的转变，即为推出电子书与电子刊物。如果说较有名的书刊还能勉强维系的话，小众刊物和作者的处境就相当窘迫。我看过的那些存活的书刊，几乎都推出了电子版。前几天，我只用了 1.99 美金，就订到了 12 个月的《洛杉矶时报》。这些电子书刊，价格大都低到令人难以置信的地步，即便如此，销量仍是逐年下滑，前景堪忧。

好在风雨飘摇中，仍然存在着爱阅读纸质书的读者。在我的一节专业课上，教授无意中说道，他正在上高中的女儿，每次都会买纸质教科书。因为美国教科书价格昂贵，动辄上百美金，大部分学生会选择购买便宜的电子书。当问及女儿坚持买纸质教科书的理由时，他女儿说，没有什么原因啊，就是喜欢看纸质的书。我跟教授女儿一样，即便我认同电子书的种种优点，但仍坚持阅读纸质书的习惯。不同的是，我有三个这么做的原因。

首先，许是因为我习惯看纸质书，多年积累下来，现在我一看到电子书，明显有种理解困难、阅读晦涩之感。这可能也是一种阅读障碍吧！

至于第二个原因，则相当现实。电子书价格低廉，作为一个热衷写字的新“工匠”，我自然鼓励大家阅读与购买纸质书，这样作者取得的酬劳也更高。一知名作家在 2011 年写了篇文章，其中大谈特谈版税之低。然而，7 年过去了，作家的收入并没有跑赢通货膨胀，写书所得的版税收入仍然低得令人抓狂。一位在书店工作的朋友告诉我，现在除了教科书之外，纸质书很少有人购买了。毕竟，网上花几块钱就可以买到电子书版本；或者去网店购买打折的纸质书，总之，没什么人去书店买原价正版书籍了。我深知每本书顺利出版的背后，耗费了写作者无数的汗水和辛劳。而这样的出版窘境，令从业者徒感伤悲，心有戚戚。

最后一个原因，我始终认为读书需要仪式感。同一本书，不同载体上，都会产生不一样的阅读体验。这些，都需要用笔记录，用心感受。可能有人要辩解，不是啊，电子书也是可以记笔记的嘛。但实际情况不用我说，大家自然心知肚明，会边看电子书边记笔记的没有几个。我几年前看过的电子书，如今记忆模糊，唯有那些我亲笔记录、逐字阅读的纸质书，仿佛如大雁飞过，有迹可循。

人最怕的是被遗忘，其实，书也一样。

乐天派

“人生不易，且行且珍惜”作为流行格言，至今仍被人们时常提起，其热度并没有像其他网络流行语那样转瞬即逝。究其原因，实在是因为这句话浓缩了人生精华，映照出人生太多的悲情。古人云，人生不如意之事十之八九。现代人也经常仰天长叹：活着，真是太不容易了！

然而，现实生活中，却有一种人，属于乐天派。

曾经，我也一度怀疑，抛开文学和戏剧不说，现实如此不堪，还有乐天派吗？直到我遇到 Mrs. Ballenger。

Mrs. Ballenger 是我高中时期的音乐老师，一个七十五岁左右的白人。据她说，她的祖父母来自德国。Ballenger 女士的个子不高，才刚及我的肩膀，但是她小小的身体里，却蕴含着巨大的能量。这个能量不仅体现在她的歌声中，更体现在她的举手投足间，以至当我决定写关于她的文章时，竟因找不到特别的事例而有些茫然。

在我刚来到美国读高中时，虽然我一直没机会修到 Mrs. Ballenger 教授的课程，但是我对她并不陌生。每个季度，我们学校的合唱团都会在校内演出。当时在底下作为观众的我，早已被台上那个瘦弱的身影吸引。此人正是江湖上大名鼎鼎的 Mrs. Ballenger，负责合唱团的指挥工作。由于她个头矮小，指挥又十分卖力，在歌曲高潮部分甚至数次跳了起来，远远看去，的确让我忍俊不禁。

后来，我有机会成为 Mrs. Ballenger 的门生，渐渐对她熟悉起来。我发现，她的个性就如同她的指挥，乐观积极，充满激情与无限活力。在我印象里，从来没有见过 Ballenger 女士心情不佳，更别说抱怨了。也许你会说，不可能，谁都会有这样那样的小情绪。可是，像 Mrs. Ballenger 这样的乐天派，完全可以做到控制负面情绪。如同得道多年的佛陀，早已不再是情绪的仆人。即便她们有些不开心，估计早在别人发现之前，就迅速地管理并调到自己的开心频道了。

每次上课之前，Mrs. Ballenger 一定会和我们分享她前一天的趣事或者周末计划，并且鼓动我们所有人参与进来。有时候，她也会讲讲像她一样有趣的老公和一百多岁的父母。在课堂上，每学一首新歌，她都会先唱一遍，再逐句教给我们。有时她会在高音上出现小小的失误，譬如破音了或者声音不够稳（这里我需要说的是，美国合唱团的高音部分的音高，可真不是闹着玩的。时至今日，我都从未有过染指高音声部的念头）。换成旁人，也许早就有些尴尬了，乐天派 Ballenger 女士却不会。每当出现这样的失误，她都会自己先忍不住笑场，或者故作恐惧地在满教室边跑边喊：“天哪！我的嗓子怎么了？”

轮到我们演唱时，每唱完一首歌，她都会十分夸张地称赞我们。即使有时候我们和音状况百出，她依然毫不吝啬她的赞美，然后，再给我们提出建议。也正因为她的鼓励，大家的热情永远处于高涨的状态，学校合唱团也因此经常受邀参加州内大型的汇报演出。

因为 Mrs. Ballenger 的乐天派精神，许多同学都十分愿意将自己的快乐抑或是烦恼与她分享。比方说，我的一位墨西哥裔同学，因为政府即将出台的一些政策而心生郁闷，她在课上按捺不住愤懑之情，对 Ballenger 女士抱怨。听完那位同学的吐槽，Mrs. Ballenger 收起平日里“一笑倾城”的招牌式表情，一脸严肃地对她说：“我很抱歉，但是作为一名音乐老师，我唯一能帮你的，就是听首 sad song 缓解一下心情。”

除此之外，Mrs. Ballenger 的乐天派精神，还体现在她爱折腾的劲头上。基本上每周，她都会教我们一首新曲子。之所以强调是新曲，是因为不仅对我们，即使对她自己而言，也是未曾接触的曲子。每周接到 Mrs. Ballenger 发的新乐谱时，我的内心都十分澎湃。我不知道我即将翻开的会是什么“稀奇古怪”的歌曲：也许是德语歌、西班牙语歌、法语歌，或者是希伯来语歌、中文歌。对 Mrs. Ballenger 而言，这是个庞大的工程，她得先去听，并学唱这些外语歌，再去找伴奏和我们的乐谱。去年，我们学了一首中国民歌——《茉莉花》。令我佩服的是，Mrs. Ballenger 的中文歌词发音还是相当带有“欺骗性”的。

学校临近圣诞时都会举行大型音乐会。Mrs. Ballenger 自然亲力亲为，从彩排到正式表演，从场馆布置到指挥，毫不马虎。演出结束，我妈妈对我说，你们那个指挥的老太太，精神头儿可真不错，我看她活到一百岁肯定轻轻松松。我的内心被我妈“老太太”和“一百岁”的言辞冲击得不轻，因为在我心目中，我总会不自觉地将乐天派 Mrs. Ballenger 归为我的同龄人，从而忽略了她的年龄足够做我奶奶这一事实。我不无恶趣味地想，要是 Mrs. Ballenger 听了我妈妈的话，也许会委屈地说：“我还年轻着呢！”

不知道是不是每个人都有过“少年不识愁滋味，为赋新词强说愁”的心路历程。我曾经十分执着于高贵冷艳地抬起头，忧郁地 45 度角望天，只是为了不让眼泪流下来，笔记里也全是那些“凄凄惨惨戚戚”的古诗句。

倒不是我喜欢端着，只是为了掩饰身在异乡、偶尔不能承受的慌张。但是，随着年纪渐长，我却越发地体会到，“何事秋风悲画扇”固然美丽，但是只有乐天派才能拥有“人情练达即文章”的大智慧。

溪游记：行走在美国

Part 5

流浪时光

二十岁的流浪

英文中将青少年 Teenager 的年龄段划分为 13~19 岁。每次看到 Teenager 这个单词，我都会感到些许困惑，为什么青少年指的是 13~19 岁呢？毕竟，18 岁才是区别未成年和成年的分界线，不是吗？

前阵子我过 20 岁的生日，吹完蜡烛，朋友起哄："Lincy，你再也不是 Teenager 啦，你要奔三了！"

直到这时，我才恍然大悟，Teenager 如此划分的玄妙所在：19 是 10 代的最末，过了 19 岁，20 岁便接踵而至；既然 2 字打头了，变相来看，奔三无疑。倘若"奔三"的话，的确与"青少年"没有多大关系了。

朋友的话使我陷入对"奔三"的极度恐惧中。我时常反问："我都要奔三了，可是我这么多年到底做了什么？"时间流逝的速度使我感到恍惚、迷茫与不知所措。

比方对大学的疲倦。

在未进大学前，我对大学生活充满向往。干劲十足，摩拳擦掌，希望有番作为。进入大学后，却发现生活并不如我想象中的美好。学习的压力时常让我喘不过气；一些社团的不良风气，与同学的处事风格令我不喜；与美国朋友的相处，总透露出那么些微妙的尴尬。曾经的意气风发，似已成为过眼云烟。

大学第一年，混着我的诸多不确定、疑问与失落，义无反顾地落下帷幕。

时光一直在暗处逼迫着我前行。前两天，帮一位新生的忙，最后，他很开心地对我说："谢谢学姐！"我被他一声"学姐"给叫得茫然无措，差点儿环顾四周，看他到底叫的是谁。刚进学校的情景似乎历历在目，当初惶恐好奇的复杂心情还未完全消散，时间却残酷地让我"稀里糊涂"扮演起"学姐"的角色来。

还有对生活的忧虑。

现在回想起来，小学是我最自信狂妄的时期。回到家与母亲分享一天的学校生活，经常冒出"这个蠢蛋又……"的言语来。

可随着年纪增加，接触到的牛人越多，我越发地小心谨慎，自信心不再爆棚。

我时常羡慕别人拿到 4.0 的 GPA；羡慕背景强大的同学；羡慕他人的长袖善舞。与小时候羡慕别的女生拥有公主裙不同，公主裙是我哭着闹着，最后可以如愿以偿的；而我现在羡慕的东西，大多即使耗费努力与心血，往往也无可奈何。即便我每天看似繁忙无比，却常常陷入"现在的努力，到底有用吗"的疑虑之中。

还有对未来的困惑。

周围的许多同学，都对未来有了较为明晰的规划，然而我仍在思考与探索。也许与我的专业有关，所谓"追求与理想"，大都是心血来潮的突发奇想。虽然离毕业至少还有三年，但仔细想来，也不过一千多天而已，随着毕业一天天临近，我的焦虑感也一天天倍增。但无论我在过去与未来之间如何进退维谷，我的“Teenager”时代的的确确翻篇了。

回忆过去的 20 年，诚然有许多“要是当初怎样做就好了”的后悔念想，可生活终不能重新来过。

人生路上，步履不停，总有一些措手不及。日本导演是枝裕和自编自导的影片《步履不停》，我很喜欢。其中有一幕令我动容。主人公良多，鼓励那个一无是处、被大哥救起来的男生时，说道：“你才 25 岁，你可以成为任何你想成为的人。”如今，我也要拍拍自己的肩膀说：“我才 20 岁，未来，没有什么不可能。”

和同龄朋友们交谈，抱怨之声总是不绝于耳。讨厌父母、吐槽同学，似乎已成为一种炫耀自己“青春、有定见”的新潮方式。可抱怨，抑或是争吵，恰恰只能证明我们的幼稚。无论是亲情还是友情，都需要平等、善意、及时的沟通来维系。我想，20 岁的年纪，应当与幼稚 say goodbye。

最近跟家人交流得知，不经意间我也成为不少人口中的“别人家的孩子”。这一认知错位，使我感到些许的不真实。毕竟，我并不是个传统意义上的好学生，也会受考试的煎熬与负面情绪的影响。即便到现在，我仍有诸多不足，但我相信，每个人都是独一无二的，身上潜藏的光芒，留待时间去验证。与其妄自菲薄，不如活在当下，做好自己。因为未来可期，我想，20 岁，更应当勇往直前。

出国 5 年来，我最大的改变之一，就是培养了各种“稀奇古怪”

的兴趣爱好。无论是学摄影、健身、玩音乐，还是绘画，我都喜欢尝试。这些绝不是无意义的举动。在一次次的尝试与失败中，我发现平凡生活的别样风情。爱，让我把世界点燃。因为年轻稚嫩，我想，20 岁，更应该无所畏惧。

最后的最后，我身边有相当一部分人，虽处花季，却已经老了。他们中的有些人，过早地步入社会，用金钱来丈量价值；还有些人，虽身处校园，却为了资源与利益，处心积虑，钩心斗角。

在这个快节奏的时代，物欲无休无止，信仰乏善可陈，保持纯真，远远比想象艰难。天真的人，才会无穷无尽地追问关于这个世界的道理。这句话虽是作家刘瑜有关大学精神的解释，但我觉得用在此处，也很妥当。

20 岁，保持童心正当时。但 20 岁，的的确确又是个敏感且尴尬的年龄！它可以是人与人之间价值观的分水岭，也可以被迷茫青春暧昧不清地一笔带过。

他人的 20 岁，都在做些什么呢？比尔 · 盖茨在 20 岁忙着建立微软帝国，扎克伯格在 20 岁忙着创建 Facebook，我的奶奶在 20 岁忙着怀孕生子。所以说，20 这个数字，天差地别，介于成熟与幼稚之间，着实令人费解。

我的 20 岁，没有天才的早慧，也未曾过早经历社会的锤炼。与大部分同龄人一样，在校读书，按部就班、萧规曹随地生活。即便如此，我仍希望做点什么，来记录下我渐行渐远的 20 岁。因此，便有了这本书，有了这些青涩的文字。

从初步构思开始，我反复思考我写这本书的初心到底是什么。直到一次偶然的机会，我重新翻看高木直子的《一个人的第一次》。这本书中，高木用漫画和简单的叙事，勾勒出自己从小到大所经历的种种“第一次”。我大概在小学时看过这本书，数年后再次重读，带给我的悸动与趣味不减。

从某种程度上说，真情实感，有时比高大上的空洞说教更能令大多数人产生共鸣。所以，我想从身边的小事说起，表达自己的点滴感受。希望这本书能带给令读者微笑与产生共鸣的文字。毕竟，每个人的 20 岁，虽然是普通的，但多少带有个体不普通的经验。

你能看到，我来到美国 5 年间的成长、学习与生活；你能看到，

20 岁该有的困惑、矛盾、快乐、幼稚与焦虑。这些行走中的文字，一起汇成我 20 岁的流浪。

流浪可以是漫无目的地游走，也可以是充满希望地探索。对我来说，我更偏向于后者的路上时光。

每逢放假，我就会萌生快快回家的冲动，那里是我情感上的温暖港湾。可父母却不这么认为。他们告诉我，要利用假期，尽可能多地去不同国家旅行。因此，即便假期不少，但我却一直在外面游走。我初时不以为意，现在渐渐明白了父母的用心。

视野的开阔，决定了人生的维度。所以，走出去，去流浪，去拥抱世界！在路上，我是不系之舟。

补记：

很早之前看过韩寒的一本书，书名叫作《青春》。虽然这本书只是一本杂文集，并没有长篇幅的故事，但我非常喜欢，记得当初看了好几遍。在那个少女们纷纷沦陷在“郭敬明”式文学的年代，为了坚持走“非主流”路线，我一直强调自己喜欢韩寒。说来惭愧，其实韩寒的书，当时我仅看过那一本。

后来，我断断续续看了韩寒其他的一些书，包括散文和小说，有看完的，但大部分是看至一半就扔到一边的。时至今日，我以为他最好的作品仍是《青春》。因为也许，不说其他，光看书名，青春就是个引人遐想的词汇了。

纵使青春不再，也希望你我，都能活成想象中的模样，那就是青春留给我们的礼物。

日本旅行随笔

聪明的精细

每到一处旅行，我习惯动身前找一些与当地有关的书读。去日本之前，我看了本名为《我还是喜欢东京》的书。上至日本的风土人情，下到厕所马桶的用法，书中都有详尽的介绍，科普性极强，而且图片居多。我只花了两个小时就翻完了 400 多页的书，刷新了我快速阅读的纪录。本以为这番读书有囫囵吞枣之嫌，没想到一路走来，我意外地发现旅行中的诸多场景，都能与书中画面相吻合。

书中提到，日本幼儿园用“特制”的手推车移动孩子。旅行中，我真的遇到一支幼儿园队伍。车里有六个位置，供孩子们坐。孩子们头戴黄色渔夫帽，规规矩矩地坐在车里。老师则平稳地推着手推车，慢慢移动。

我曾有过巴厘岛支教的经历，那些同龄孩子留给我的混乱记忆，至今仍历历在目。稍不注意，孩子 A 不见了；一不留神，牵着孩子 B 的手又松开了。带两个孩子已如此艰难，更别提一群孩子了。因此，国内幼儿园大都采取“闭托锁园”的政策，所有活动都在园内，极少有户外活动。

如今，亲见日本幼儿园的手推车，虽然从外观和内部设施上来讲都谈不上有多高级，但这简单实用的设计，不仅解决了孩子乱跑带来的安全隐患，而且还增加了他们接触自然的机会。我目送着手推车平稳地离开，远远地，似乎还能看到那六颗黄黄的小脑袋。

日本学生似乎经常参加社会实践。从大阪到东京，在各个旅游景点，所到之处，我都无一例外地碰到学生们的身影。这点倒不难理解，日本地方小，景点大都相隔不远，且公共交通便利，随便坐个新干线或者地铁，不用多久，即可到达实践目的地。美国学校也热衷社会实践，只不过，学生不穿校服，混在人群中不好区分。

相比之下，日本的校服文化已然成为一大特色。穿着整齐校服的

日本学生，走在打扮得“千姿百态”的行人中，显眼却并不违和。日本的校服，因学校不同而有所差异，但万变不离其宗，皆为白衬衫加格子裤（裙）。

有意思的是，我在箱根和奈良，分别碰到了两拨学生，女生的格子裙长度都盖过了膝盖，有的甚至到了小腿肚。直到旅行至东京繁华商圈，我才首次看到，迎面走来的中学生，校裙竟褪到了膝上三厘米处。通过裙子长短，大概也可以看出日本城市化的观念差异。

《我还是喜欢东京》一书中提到的另一个细节，是日本的窨井盖文化。与其他国家一成不变的窨井盖不同，日本人会在窨井盖上画画儿。在日本旅行的半个月里，我时不时低头，寻找地上的风景，确实瞧见了脚下不一样的风景线。

可见，日本民族创造的活力，潜藏在诸多细节背后。印象最深的窨井盖，在大阪城公园里。窨井盖上细致地画上了公园的历史性建筑，非常美观和有趣。这样的窨井盖，既美化了公共环境，又起到了宣传当地景点的作用，真是一举两得。

拜《我还是喜欢东京》这本书所赐，对于日本卫生系统，尤其是中国大妈津津乐道的马桶盖功能及构造，现如今我可谓了如指掌。但我并不打算做马桶盖的科普，而要谈一谈那些同马桶盖一样，充满人性化的服务与设计。

在日本的第一餐，我跟朋友不能免俗地去了一家久负盛名的拉面店。用中国人讲究排场的眼光看，拉面店略显“寒酸”。不过麻雀虽小，五脏俱全。尤其是细节尽显，令人称奇。店里每个座位由挡板一个个隔开，方便一人食的客人用餐；如果是结伴吃饭，只需要将挡板

移开，即可愉快交谈。我随身带的行李较多，在狭小空间里显得分外拥挤。后来我发现座位旁边竟有个小小的置物架，很好地解决了“包包无处摆放”的尴尬。另外身后还有一个迷你衣架，用来放置外套等衣物。拉面店属于快餐店，讲究效率，因此服务员上菜、收盘的动作都非常迅速，不会与顾客做无谓的交流。但所有的温柔与善意，皆在细节处，温暖人心，润物无声。

日本的酒店，甚至是价格亲民的民宿，服务都十分贴心。在箱根的温泉民宿，从沐浴露、洗发水，到卸妆水、头绳、棉签，你能想到的洗漱用品一应俱全。相比中国一些民宿，提供的大多是一些“身份不明”的小瓶装洗漱用品。日本民宿里头免费供应的，都是本国高端品牌洗发水。

旅行中的另一家酒店，在办理完入住手续后，工作人员示意我稍等，然后递给我一张写了不少药妆产品的纸条。我愤愤不平地想，这么大的酒店竟然做推销广告，摆摆手表示拒绝。工作人员看出我的困惑（或者是愤怒），解释说这是酒店专门提供给女性客人缓解疲劳的免费产品。最后，我选择了足贴和护肤小套装。和朋友回到房间，我迫不及待地给走了 3 万步的脚贴上了足贴，清清凉凉，感觉非常不错。之后逛免税店时，我特地买了同款足贴。

我想，如果不是酒店周到地提供试用装，我们根本不知道这些产品的存在，更别提在免税店购买了。酒店与民宿的“无意”之举，短期看似乎是不划算的，却在无形中带动了本国产品的销量，推动了日本“小岛经济”的发展。

不久前我看到一篇有趣的文章，其中将日本和上海做了对比。评价上海人精明，日本人则是精细。我既不是上海人，对日本也称不上熟悉，故无从判断这个比较是否恰当。但从手推车、窨井盖，到置物架、酒店的免费药妆产品，我可以感受到日本人值得称道的细节之美，没有一处多余，他们一直这样用心地生活着。

演唱会

最近，我迷上一韩国男子组合。制定日本旅行计划时，我意外发现他们日本巡回演唱会的时间，同我的行程恰好重叠，于是我头脑发热地决定，旅行中绕到名古屋去看演唱会。

计划虽然美好，但实现的过程却充满艰辛，我前前后后花费了大半个月的时间。对从来没在日本看过演唱会的我来说，这大半个月的折腾，倒是让我多了一些新的认识和体验。

演唱会门票不贵，且价格统一，约500人民币。日巡的票分成三类，第一类是位置最好的前排票，只在开演前一个星期开抢。由于信息不对称，网上关于第一类票的发售信息很少，我到现在也没有弄明白，该如何买到前排票。因此忽略不计，主要谈谈余下的第二类与第三类票。

第二类和第三类都属于随机票，即位置随机分配，寄到票之后才能得知相对应的座位。位置的好坏，则是区分第二类和第三类随机票的关键。如果演唱会有三层，第三类票只可以坐到第二层或者第三层。一般来说，只有该组合日本Fan Club的会员才有资格买第二类票。会员买票的时间越早，座位越靠前。第三类票没有任何条件限制，所有人都可在便利店售货机上自行购买。

不过买票需要填写日本的地址，外国人要在日本买演唱会门票，基本上只有通过票务或者票通代买这两种方式。在确定了要去看演唱会之后，我立即在网上咨询了好几家有大有小的票务，给出的价格是原价的五至六倍，实在贵得离谱，我只好放弃了与这些“黑心票务”的周旋。余下的选择是日本票通，它跟中国的大麦网功能类似。日本人可通过票通出售各类演唱会门票，价格有贵有便宜的，可自行挑选。好在，票通上面的票价在我可接受范围内，我甚至买到了只贩卖给Fan Club会员的第二类票。只不过，买票通上的票，需要做到“快准狠”。一旦看上不错的票，千万不要犹豫。否则，非常容易出现看中的票被别人“捷足先登”的情况。

无论前期筹备工作多么复杂，能够看“爱豆”的演唱会，对正处在“青春期”的我来说，仍是抑制不住内心的兴奋。我早就听闻，日本的粉丝福利很好，非常多的韩国组合，每年都会留出固定日巡的时间。一般大势组合的世界巡回场地，经常动辄上万席位。日本的场馆除东京外，都很小，仅能容纳千人。我起初一直困惑：为什么这些组合如此执着于打开并不算大的日本市场？但经过此次演唱会，我似乎知道了答案。无论从观众观看演出的秩序、粉丝团的组织，还是正版周边产品的规范售卖来看，日本的确做得比我们好太多。

首先，日本所有演唱会明令禁止拍照和摄像。试问，看演唱会不让拍摄？这事儿搁谁都不乐意。然而，日本人却都很好地遵守此项规定。进入场馆后，工作人员会举着“禁止拍摄”的指示牌来回走动。但表演正式开始后，没有频繁地巡逻，全靠粉丝自觉。我在演唱会间隙仔细留意，发现真没有人拿出手机拍摄。一场演出下来，网络上很少出现路透的图片和视频。经常有人在网上吐槽，爱豆一到日本如同人间蒸发，音信全无。

当然，也会有极少数人抱着侥幸心理，偷偷拍摄（以外国人居多）。一旦被发现，后果十分严重。不仅当场被逐出演出现场，取消会员资格，还会被“屈辱”地记下名字，之后一段时间，都不能再买票进场。在严格自律和外部约束下，现在在日本，演唱会不能拍摄，已经成为大家的共识。虽然不能留下影像资料，令我有些许遗憾，但没有闪光灯的演出，似乎也让我感受到专注的价值。

在演唱会席位中心，有大概四五排的座位被条幅围着，不允许坐人。这是专门留给官方的摄像机，全程记录演唱会的位置。当每年的日本巡回演唱会结束后，所有的影像资料都会被整理成 DVD 贩卖，这也是不让粉丝现场拍摄的原因。在 DVD 已经没落的今天，日本的

DVD 业仍十分发达，甚至每个地铁站边上，都会附带着一家 DVD 店，人们在店里或买或借，交易频繁。

除了 DVD 与演唱会，明星周边产品也是让粉丝“心甘情愿”掏出钱包的一大利器。这些周边产品大都是印着爱豆头像的小玩意儿，譬如钥匙扣、扇子、照片等。但因为是官方发售，价格比成本价高出许多，一把扇子大约 60 元人民币。在国内某宝上，相应的产品无数，而价格不到官方价格的十分之一。所以，大多数人并不会去追逐官方发售的周边产品。然而，在日本，大家买正版产品的观念极强，市面上也没有什么非官方的周边产品贩卖。

因此，日本周边产品一直是花样与款式最多的。演唱会开演前四个小时，我提前到了现场买周边产品，但我前头仍排成一条长龙。现场有两个摊位，一个专门卖各类周边产品，另一个则是加入日本 Fan Club 的摊位。如果有意向，交了会费，就可以成为会员了。排队时，工作人员递给我一张写着贩卖所有周边产品的纸，其中大概有十几个种类供我选择。虽然周边产品单价看上去并不贵，但如果每个产品都买，价格也要千元。据我观察，大部分粉丝买了满满一堆周边产品，并不认为正版周边产品的性价比低。

仔细想想，日本注重保护隐私和知识产权的观念由来已久。在日本，很多商店和公共场所禁止拍照，甚至在街头拍行人，他们也有权拒绝。以娱乐产业为例，与明星有关的一切，都不是免费的。音乐会做成专辑，演唱会被记录进 DVD，甚至专辑的制作和演唱会后台花絮，也会被制作成相关的 DVD 销售。日本人对正版的追求和对知识产权的保护，由此可见一斑。

有意思的是，除了与我同龄的“少女粉”，平均年龄 45 岁的日本阿姨们组成的“阿姨军团”，也是“脑残粉”中的一支主力军。无论从人数还是消费能力上，其实力都不容小觑。许是因为演出时间是工作日，观众除学生之外，就数阿姨们最多。更让我“气愤”的是，日本阿姨们除了有空闲，还有钱，可谓粉丝中的“战斗机”。在排队买周边产品的时候，我十分心仪一件写满组合成员名字的睡衣（想象跟男神们“同床共枕”的画面就很幸福），但因为价格太贵而舍弃。结账时，余光扫到一位阿姨，在我复杂眼神的注视下，只见她抱着五件睡衣，走到收银台霸气外露地掏出钱包。除了睡衣，她把现场贩卖的所有周边产品都买了个遍。

像她这样的日本阿姨不在少数，她们包上别着的各类卡通挂饰和别针，都是该组合日本各个演唱会的周边产品，可见她们没有缺席日本境内的任何一场演唱会。之后进场找座位，我的前后左右也被许多日本阿姨所包围。爱豆一登场，阿姨们便训练有素地从包包里掏出应援棒，迅速舞动起来。阿姨们的这份专业，不得不使我甘拜下风。

日本的表情

问：在日本见到的最多的是什么？

答：尴尬而不失礼貌的微笑。

我跟朋友都不是第一次去日本。初中时，我去过一次北海道，年代有些久远且又是跟团，留下的印象并不深。朋友去过日本三次，且两次都是自由行。作为日本旅行经验明显比我丰富的“老手”，这次旅行前，她一再跟我强调：“你要做好接受日式英语的准备。”到了日本，我才真正理解她这句话的含义。

除东京外，日本人的英文实在不敢恭维。我们第一站是大阪。无论怎么说，大阪都算得上大都市。但大阪人的英文水平，仍给初来乍到的我“致命一击”。在商场里面闲逛，我问售货员他们的抹茶是否无糖，问了半天，那位 40 多岁的售货员比画着非要将用来搅拌抹茶的茶筅卖给我。最后，我俩只能互相露出尴尬的微笑，交易失败。

毕竟售货员年纪不算小，英语不好可以理解，可日本年轻人的英文也没有我想象中那么好。看演唱会时，我碰到好几个“樱花妹子”拿着印有我喜欢的歌手的头像的小扇子，我按捺不住好奇，问她们是从哪里买的。在说出英文的瞬间，我明显感觉到她们的瞳孔微微放大，装满了问号和不知所措。安静了半分钟，其中一个女生支支吾吾地向我重复着“Seoul”“Seoul”。我听了个大概，终于明白她的意思是说，这个扇子是在首尔演唱会上买的，这儿买不到。

当我从关西到东京，这种尴尬始终贯穿旅程。不过好在我的身体还算灵活，关键时候，夸张滑稽的肢体语言起了关键作用。

另外，我发现特别有意思的一点，日本人对自己的母语有一种“盲目”的自信。为什么这么说呢？如果一个老外跟中国人交流出现障碍，往往中国人会摇摇头表示听不懂，就此打住或者离开。然而，日本人不走寻常路。当我用英文询问，当地人不能理解并组织不出英文回答时，他们也会用非常热情、友善的声音坚持说日语，似乎坚信只要他们连续不断地说日语，我就能听懂，实在令我哭笑不得。

旅途中，跟朋友在一家比较高档的餐厅吃饭。接待小姐姐肤白貌美，除却英文不佳，一切堪称完美。虽然她知道我一句日语也听不懂，每上一道菜，她还是用日语向我们详细地介绍菜品。我很想示意她省去这个步骤，毕竟谁都不愿“白费口舌”。但看着她认真介绍的样子，我不好意思打断，遂佯装认真倾听状。等她的一番陈词大论说完，我终于结束了之前坐立不安的状态，向她露出了尴尬而不失礼貌的微笑。

日本“赏味期限”

我对零食的热爱，强烈且持久。每次放假回家，都是一年中不可多得的放飞自我的宝贵时光。只不过，在床上躺着躺着，我便陡然生出一股空虚感，复从床上一跃而起，翻箱倒柜地满世界找零食。

我在储藏室找到一袋饼干，吃了一大半，突觉眼熟，再一看保质期，竟是我在去年这个时候买的。得知真相，立即感觉胃里一片翻江倒海。我又从冰箱找到块柿饼，欢喜地咬了一口，结果嚼到一嘴霉味，吓得连忙吐了出来，不用说，又过期了。最后，我拎起边上的一袋牛奶，这次我聪明地在喝进嘴巴之前，瞅了一眼保质期。嗯，是过期的，幸好没喝。

父母对于家里的过期食品的解释是：“我们从来不吃零食，这都是你之前买的吧。况且，这保质期也没过多久，不要紧的。咱们中国人，百毒不侵。”

话虽如此，但我对食物的保质期一向敏感。这是因为高中时，我曾在食品银行做过义工，主要工作就是负责检查各类食物的保质期。通过一年的锻炼，我已熟练掌握从一堆花花绿绿的文字和图片中，快速精准地找到生产和保质日期的技能。这也使我养成了食物一旦过了保质期一律不吃的习惯。

此次日本之行，方方面面的感受很多，但保质期的规范颇得我心。

可以说，美食和便利店，大概是日本不可或缺的文化符号。那些藏在小小的便利店里的美食，常常让我在不经意间收获许多惊喜。大家熟悉的“7-11”“全家”和“罗森”，遍布日本的大街小巷。店面普遍不大，不过食品和生活用品一应俱全，可谓真正做到了“便利”二字。走进便利店，饮料、零嘴、速食被依次放在架子或者柜子里，排列整齐。让人眼前一亮的是，虽已至夏天，但除了冰柜以外，其中一格柜子仍然供热，各种瓶装饮料放置其中。想要喝热饮的人，即便在夏天，还是可以买到热乎乎的饮料和茶。在中国，我见惯了冰柜，似乎真没见过“热柜”，觉得挺新鲜。除此之外，值得一提的，还有琳琅满目的速食。淋上酱汁的鸡块，或是咖喱汁的猪排，放在微波炉

里“叮”一下，香味四溢，轻轻松松就可以干掉一碗米饭。

便利店由于各种食品密集，因而客观地说，“保质日期”也就成为便利店必不可少的软件支撑。

日本将“保质期”称为“赏味期限”。比起生硬且不容置疑的“保质期”，这个称谓似乎更为宽容与温柔。经过我的观察，日本便利店的很多食物，“赏味期限”会精确到分钟。比方说，这个蛋糕是今天 13：00 生产的，赏味期限为后天的 13：00 等。

另外，在很多不太常标注“保质期”的物品上，譬如鸡蛋和大米，日本都“毫无例外”地一律盖上了“赏味期限”的印章。我十分震惊于日本人在每个鸡蛋和每袋大米上标注“赏味期限”一事。长期以来，我自诩对“保质期”敏感，但按日本的标准看，殊不知在无形中猛吃了无数的“过期食品”，且一吃就是好多年。这是因为，从“饥荒”历史中走过来的奶奶，总喜欢往家里屯上至少五袋大米和 200 个“草鸡蛋”。奶奶说，这使她感到踏实。回到家中，看着冰箱里成堆的鸡蛋，我只能保持缄默。

为保证食物安全和绝对新鲜，日本的赏味期限大都很短。相当一部分食品的保质期，都短于中国和美国的同类型产品。这使得我在旅行中，衍生出另一种尴尬。

箱根特产黑鸡蛋，六个一袋，一袋起卖。虽然六个鸡蛋的确有点儿多，但我想：“来都来了，怎么着也要买点土特产吧。”遂爽快地掏钱。拿到热乎乎的鸡蛋后，卖蛋小哥微笑着向我比画道：“鸡蛋的赏味期限只有一天哦，明天，鸡蛋就会变黄，不好吃了。”我和朋友理解了他的意思后，面面相觑。最后，本着不能浪费的原则，我俩只能

硬生生地一人吃了三个蛋。外加当天早上在便利店吃的一个，实在是刷新了我的吃蛋纪录。

在东京机场，我偶然发现一家卖饼干和糯米团子的甜品铺子。我在美国高级商店里看到过这个牌子，店面可爱，东西好吃，价格却不菲，相比而言，日本的价格更亲民一些。于是，我想买一些带回美国，送人自吃皆宜。在一番买买买之后，结账小姐笑眯眯地告诉我：“小妹，你买的这个团子保质期三天，要尽快吃哦。”我大吃一惊：“What？三天？”得到肯定回复后，我看了看面前堆成小山的团子，只能向她摆了摆手，虚弱地说不买了。保质期三天的食品，虽有些夸张，但多数伴手礼的赏味期限，的确只可维持一两个月。

虽然日本的“赏味期限”短得有些令人尴尬，不过，这倒不失为一个遏制“冲动购物”的有效办法。

实　习

2018 年暑假，我开始了为期两个月的实习。

公司里没有大一的实习生。在刚开始工作的一周里，同事们都对我表示惊讶："你为什么这么早就来实习呀？"然而在美国，即便高中开始实习，也是屡见不鲜的。

究其原因，大概是由中美教育的差异造成的。中国学生的高中生涯可用"苦难"两个字概括，一旦步入大学，怎么着也要花上两年时间，感受下世界的美好。因此，大部分国内学生的实习始于大三；而在美国，虽然完成高中与大学的课程也非易事，但就个人时间而言，挤挤还是很充裕的。

我的实习公司是一家业内著名的 4A 公司，位列世界五百强。虽说是广告公司，但涵盖公关、咨询、策划、传播等诸多业务领域。许多耳熟能详的国内外品牌皆为其客户。公司所在的传媒集团，在全世界设有众多分公司。即便在寸土寸金的上海，也拥有三十几层的办公大楼。

在正式上班前，我就听闻该公司出了名地剥削实习生，来了之

后，发现果真名副其实。我所在的小组，有十个组员，其中四个正式员工，六个实习生。招这么多实习生，自然是因为劳动力低廉——实习生每天工资才 50 元人民币。上海物价贵，每次吃饭时，实习生们都会吐槽，自己吃一顿中饭，就把辛苦工作一天的薪水给花完了。

即便如此，还是有很多实习生即使“亏本”也要挤破头加入。实习生需要好看的履历，公司需要廉价的劳动力，也是“一个愿打，一个愿挨”。

我的实习小组，是公关部下属的 Social Digital 组。我们手头有两个品牌，主要负责线下活动、线上的媒体沟通，以及舆情监控。这当然是官方的说法。分配给我的实际工作可概括为，做 PPT 兼打杂。因为英文不错，还有一项翻译工作也归我。具体来说，小组需要每个月向客户提交月报总结，如果这个月有大型活动，另需准备活动报告。打杂的部分则是复印、收寄快递和寄奖品等。

我每天的上班日常：网上截图品牌的好评及差评，分析竞品，制作 PPT，撰写月报，完善各类工作表。其中还会穿插着领导“亲爱的，帮我取下快递！”一类的“重要指示”。

公司对员工穿着没有规定，又因为汇集了许多广告人，因此，这里有踩着高跟鞋、穿着正装的职业女性，也有扎着辫子的小哥。然而，公司外表开放包容，行事准则实则守旧刻板。

首先，工作模式上采取“层层剥削”制。以我所在的小组为例，当组长接到大领导的任务后，会将任务分配给其他正式员工，正式员工再把比较烦琐的活儿分给我等实习生。当然，实习生并不在食物链的最底层，刚来的实习生才是。已在公司待了段时间的实习生，习惯把他们最不愿意干的活儿扔给新来的“菜鸟”。我刚到公司的头几天，分配到的一项任务，即为帮其他实习生上交财务报表。每每报表上出现错误，我就要被财务部的姐姐一顿冷嘲热讽。后来才得知，财务的姐姐最擅长的事情，不是算账，而是摆臭脸。没有人愿意触霉头，所以这个活儿，自动落到了我的身上。

另外，员工之间等级森严，从中午吃饭这件事儿可见一斑。入职五年的正式员工，只会跟其他同样入职五年的一起吃饭；小组长绝对不会混入入职一年的新人群。按理说，既是广告公司，又是跨国企业，不该如此墨守成规。

台湾漫画家几米早年也曾在这家公司工作过，用他自己的话说，离开是因为“作为广告人，自己的创意，却经常受到别人意见的左右”。起初我以为，几米是独立漫画家，思维自由跳脱，自然不适合团队合作。但当我自己置身其中，才真正明白几米这句话中的无可奈何。

在我实习的两个月间，跟着团队开过几次头脑风暴，主题是为某个新品牌定位，这让做了多天截图工作的我，非常激动，终于可以学到有用的干货了。因此，即便熬了好几天夜，跟其他小伙伴焦头烂额地找数据、分析市场，我也十分开心。然而，头脑风暴前后开了四次，每次我们的方案都会被领导否决。郁闷的是，领导因为前期没有做任何市场调查，对这个品牌了解得并不多。他否决的理由，仅仅是“客户应该不喜欢”这类，除此之外，没有任何建设性的意见。最后的成品，删除了很多我认为新颖的概念，我并不满意。虽然公司一进门，就贴着大大的鼓励创意的标语，但可以说，在我实习的这段时间，我并没有看到任何创新的表现。无论是市场定位还是活动策划，更多只是“流水作业”罢了。我知道在客户意见和个人创意之间，找到平衡并不容易，但眼睁睁看着好的创意不被采用，仍不免遗憾和气馁。

无论是什么工作，都是全新的体验和挑战。这次实习，我熟悉了线上、线下活动的具体规范，以及标准化的操作流程，这些都是收获。其实，写稿子截图，虽然谈不上多么喜欢，但我都乐此不疲。之所以牢骚满腹，可能正是因为“爱之深，责之切”吧。

你也许很难相信，不久前，这家公司曾是作为公关专业的我，最梦寐以求的就职地。我曾不止一次地幻想着，将来如果能来这家公司入职，我可以衣着靓丽地走进豪华的办公大楼，开头脑风暴，做策划活动，与各个大型国际品牌商友好沟通的画面。然而，在这个暑假，当这一切真实发生，我才发现，在所谓“成功”“白领”的标签背后，烦恼有增无减。

我感受不到快乐。因为实习不得不步入社会的我，见识到一个与在校完全不一样的状态。我开始考虑一些现实的因素，例如工资。广告行业薪水低，工作累。每天十点上班，如果晚上九点回家，已是谢天谢地。即便如此，刚刚入职的正式员工，底薪只有 4000 元。我在上海租住的地方，是我生平住过的最小的房间，月租 4500 元。当我得知这件事的刹那，学校里累积出的自信瞬间坍塌。我开始变得彷徨，因为不知道未来该如何生存。

当然，粉饰太平也不是不可以。公司里多的是名牌加身的人，也许外人很难将他们与拿着可怜薪水、蜗居在小房间里的“可怜虫”联想到一块儿，事实上二者却是如此惊人地“合体”。

工作的乏味和现实的不堪，让我丧失了初来乍到时的冲劲与自信。偶尔，我会看着写字楼里被阿姨擦得锃亮的玻璃发呆。我以为会折射出光怪陆离的社会，但透过玻璃，我只看到面无表情的自己。我扪心自问，这真的是我想要的工作?

公司里有一个比我大七八岁的女生，很漂亮。她每天化着精致的妆容，背着名牌包包姗姗来迟；忙的时候开开会，不忙的时候跟周围讨论讨论穿着。领导偶尔批评她业务不熟练时，她会嘟着嘴撒娇，瞬间将男领导制服。她引起我的注意是因为有一天，她在办公室里嗲声嗲气地抱怨：“真不敢相信，我竟然花了200块钱买了两个桃子。”那一瞬间，我在想，这是什么傻子啊!

我对她无甚好感。直到实习接近尾声的某一天，当我跟邻座的女生大声讨论着某个名牌包包时，突然发现，我似乎变得跟她有点儿相似了。我开始习惯10点多来到办公室，第一件事不是打开电脑，而是先给自己泡杯枸杞；我开始习惯上班截截图、聊聊天，混到领导走后立即开溜的生活；我甚至开始盘算着要将什么累活儿，扔给新来的实习生……

社会亦课堂，从来没有乌托邦，但我有权选择自己的理想国。离开，是时候了。

文凭真的重要吗?

文凭真的重要吗？这是我最近反复自问的问题。

刚实习那会儿，虽然我处处表现得谦虚谨慎，但内心深处，我对于自己的名校身份，常常掩饰不住自豪。后来发现，一旦进入公司，根本没有人在意你到底是哪所大学毕业的。依靠所谓的文凭找存在感，完全不可能。我开始感到气馁，既然无论是哈佛毕业，还是不起眼的学校毕业，一律都得从最低端、最底层做起，文凭到底又有什么用呢？

April 是我实习期间碰到的女孩子。之所以写她，是因为她是一部分留学生的典型。April 是美国一个不太入流的大学的大四学生，今年休学一年。她来公司实习的原因，用她的原话说："我本想偷偷拿着学费出去吃喝玩乐，被父母发现，于是被扔到这里来了。"平日上班，April 也不太走心。我坐在她对面，常看到她跟朋友煲电话粥，商量着晚上去哪里蹦迪喝酒。

除此之外，April 对同小组的成员都不太满意，总认为自己的想法高人一等。我跟 April 算不上很熟，但因我也来自美国的大学，她便自动将我归为她的盟友。她曾私下跟我抱怨，觉得现在的工作太小儿科了，发挥不出她这个“海归高才生”的能力。

April 嘴巴甜，她的组长对她印象还不错，更何况，听话的下属有时比有想法、有能力者更得领导欢心。至于其他实习生，却对她评价很低：“那个 April，自己没能力，还有什么资格嫌弃别人？”

眼高于顶是一些海归派给人们留下的一大印象。其实，这种优越感来得毫无根据，且莫名其妙。名校是培养学生能力的地方，出身名校不应成为故步自封、沾沾自喜甚至轻视他人的借口。无论国内国外，那些拿着名校文凭就趾高气扬、摇头晃脑的学生，他们的“优越感”，恰恰只能证明自己的心虚与贫瘠。更何况，这些人当中，学问与自身文凭不对等的概率很大。

能力与学历不符的事例，我经历过很多。每一件事说出来，都可笑得很。我在国内就读的学校，秋季招聘新老师，会让他们来班级试讲。某天应聘的语文老师，是南京大学毕业的。同时，他还是大学的学生会主席。他试讲的是梭罗的《瓦尔登湖》。但上课全程，他不仅紧张得逻辑混乱，还把作者名字梭罗，好端端地念成了卢梭。以致在之后很长一段时间，我一直梭罗、卢梭傻傻分不清楚。后据我的老师透露，这个男生虽然是南京大学的高才生，又有性别优势，大家本来对他充满期待，但结果令人大跌眼镜。

名校出身这个光环，有且仅能代表的，只是入学前的过往荣光。之后的一切，崭新未知，需要自己不断努力拼搏。故步自封，抑或是沉迷于过去无法自拔，皆不可取。

常听到有人说，无论初中、高中，未来班级里“混”得最成功的，往往不是那位一直霸占第一的同学。这又说明了什么呢？

“第一”原来聪明，后来变傻的可能性毕竟不大。只能说，学历与文凭并不是综合能力的全部体现。而社会生活，恰恰需要的是综合能力。

一言以蔽之，文凭很重要，但没有想象中那么不可替代。就像升入大学，再不会有人追问你的高中成绩一样。步入社会，即开始了人生的新篇章。作为一名合格的职业人士，考验的是综合能力。高情商，出色的业务能力，与人沟通的能力，团队合作的能力，领导力，辨别是非的能力，拒绝诱惑的能力等，每一项都不可或缺。

社会生活与学习生涯，呈现出截然不同的状态。读书时，我们每天考虑的是，作业完成了没有，考试考得怎样。70% 的烦恼与喜悦，与学习成绩有关。然而，升职、收入、资源、人际关系……社会生活所面临的挑战，却是全方位的。这时候，每个人的综合能力才高下立见。所以，高中文凭的老板，管理一群研究生员工，这样的搭配模式，早已不算新鲜。

讲到这里，希望不要有人误解，虽然这个世界上，有许多没有光鲜学历的成功人士，但要知道，他们的成功，是一个更加开放的社会大学造就的。

不管社会如何变化，文凭是有用的敲门砖。好的学历就像颜值一样，永远都是职场的加分项。

打工札记

加州法律规定年满 16 岁即可合法地开始工作。因此，我的许多美国同学高中就“步入社会”，除了完成学业外，放学后还要做兼职。譬如，我的一位高中兼大学同学，在收到大学录取通知书的隔月，就以迅雷不及掩耳之势，找到了大学校园内的两份兼职。

眼见着在同一所大学就读的朋友，快速找到了工作，我除了感叹一句“速度真快啊”之外，并无其他触动。彼时，我对于打工，尤其是这种 part-time job，缺乏兴致且充满误解。

在国内，我们习惯将“学生在校内或者校外兼职助学”这么长的句子，精辟概括为“勤工俭学”。然而，不知怎的，一提到“勤工俭学”，我的脑海里浮现的都是佩戴红领巾的小女孩捡瓶子补贴家用的形象。在写这篇文章时，我还认真回忆了一下，我的这一认知，很大程度上源于小学时学校大肆宣传的“中华美德”活动。总之，高中时期的我也曾琢磨过找份兼职，考虑到家有余粮，还没有穷到揭不开锅的地步，一转念，还是弘扬“雷锋精神”算了，暂且将“勤工俭学”的机会，留给更需要的人吧。

后来升入大学，随着与越来越多的美国朋友接触，我发现所谓的“勤工俭学”，根本不是我过往理解的那一种。

我所就读的大学，在美国一直被冠以“富二代扎堆的学校”的称谓。很多同学家境不错，却有着“家里有钱不代表自己有钱”的觉悟，仍旧凭借劳动在校内、校外打工挣外快。我的几个美国朋友中，有的父母只承担他们一半的学费；有的则是父母承担学费，但不提供生活费。这部分剩下的缺口，需要他们自己想办法。这里说的“想办法”，自然是合法地筹集资金。譬如向学校申请贷款、奖学金或是助学金。其中，当然也包括做兼职。和“穷人的孩子早当家”不同，优渥的家庭条件，更早培养了他们的财商和独立意识，也就不存在挥金如土的可能。相反，他们还需要谨小慎微地过着“紧巴巴”的日子。

这学期开始，我也想着找一份 part-time job。不过，学校工作一向“僧多粥少”，很多工作在开学伊始，即宣布告罄。我在校园招聘网站上“逗留”数日，一无所获。后来某天回家的路上，我想，干脆去所住的公寓碰碰运气，问问他们招不招兼职人员。在网上浏览一圈，没有看见公寓招收兼职人员的信息，但我仍不管三七二十一，向他们发送了邮件和简历。

令人意外的是，我很快便接到了公寓负责人的邀约，并敲定在当天下午面试。面试的负责人是一位黑人女士，我同她有过几面之缘，但都仅限于互相问好，我甚至连她的名字都记不清楚。然而，她对我的印象很好。她说，一般中国学生，都不会主动向人问好，但我却这么做了，所以，她记住了我，并且认为我的为人也应该很好。在我简单做完自我介绍后，这位女士便直截了当地告诉我，面试通过，并问我什么时候可以开始工作。于是，我就这么晕晕乎乎地结束了两分钟的面试，异常顺利地找到了人生的第一份兼职。

找到兼职，并不等于我第二天便可以工作。黑人女士告诉我，需要先去附近的医疗中心做 Background Check。起初，我天真地以为 Background Check 就是字面意思上的“背景调查”。为了体现自己“良民”的身份，我穿着套装，踩着高跟鞋欣然前往。谁知进去后，护士要我干的唯一一件事，却是示意我脱裤子做尿检。穿着“华丽”的我，在进行此项检查时，多少感觉到一丝诡异。后来我才得知，Background Check 的主要目的是调查雇员有无重大疾病和酗酒、嗑药的状况，这个乌龙事件真是令我啼笑皆非。

确认身体情况符合规定后，由于工作涉及“leasing”的部分，即便只是兼职，我仍需要完成公司约 10 个小时的网上 training。考试通过后，才能“走马上任”。网上 training，包括美国租售房屋的历史、相关法律规定、对特殊群体的保护，以及作为职员面对办公室骚扰需要采取的保护手段等内容。在身体情况与考试都通过后，我才算获得了工作的“合法权”。

我的这份 part-time job，有个很高大上的名字，叫作 Leasing consultant，主要负责前台咨询，或是在邮件室收发快递。每天 Amazon、UPS、USPS 都会送来大量包裹，我需要将这些包裹编号，贴上姓名条，再录入公司的系统中。这样，系统就会发送包裹信息给住户，以便他们下来取快递。另外，在繁忙的新生入学季，我也需要带学生参观公寓，负责签合同等相关事宜。

起初我以为在邮件收发室蹲着，便高枕无忧了。但随着工作的展开，挑战接连不断。比方说，在万圣节、黑色星期五等类似的节假日，每天会收到堆积如山的包裹。如何快速高效地将如此多的包裹分类并录入电脑成为巨大的挑战。第一天工作时，我一个人傻乎乎地趴在地上，整理包裹整理了四个小时。尽管我累得连腰都直不起来，但效率还是低得“令人发指”。

再比方说，住户们的惯性思维是，既然是工作人员，你当然需要解决我们的一切问题。因此，每每工作期间，除了收发包裹外，我还会遇到一些住户形形色色的古怪问题。邮箱打不开了？门禁卡失灵了？钥匙丢了？大厅的咖啡机坏了？等等，可谓“不一而足”。然而，这些问题大部分都是“初来乍到”的我所不了解的。

面对公寓租客“错综复杂”的国际化背景，如何正确表达自己的诉求，变得格外重要。当工作负担太重时，应当及时要求其他人协同。当有住户提出无法解决的问题时，需要及时向其他熟练的工作人员求助。在美国，你如果不主动，别人是绝不会插手分配给你的工作任务的。公司员工培训时，培训师跟我说：“尽管犯错在所难免，但遇到不懂的问题，请一定要多多询问。因为多问总比犯错强。”

再来谈谈与同事的关系。刚开始工作的一周，尴尬如影随形。这份尴尬不仅来源于文化差异，我是整个工作团队中唯一的亚洲人，更由于我是新人，其他工作人员因为熟悉而互相打趣，抑或是聊一些热门话题，虽然偶尔也会跟我互动，但我仍感到“被晾在一边”。

这种情况下，我的经验是：侧耳旁听、埋头做事。个人认为此项经验，适用于所有“插不上话”的关键时刻。毕竟，工作中业务能力最为重要。既然插不上话，比起强行尬聊，还是努力工作更恰当一些。通过倾听工作人员聊天，我能获取到眼下美国大众最关心的话题，譬如近期的中期选举、难民危机等，这都是以往我在“舒适圈”朋友交流中所不能获知的信息。之后，我会下意识地去了解这些热门话题，使得下一次聊天时可以主动地融入。

个人性格上，我比较认生，但一旦度过所谓的“尴尬期”，便会朝“搞笑疯癫”的状态发展。现在，我跟一同工作的兼职员工关系都很好。工作闲暇时，几个女生凑在一起，也会叽叽喳喳地聊八卦。而其他正式员工，虽然还不是太熟悉，但大家对我这个年纪最小的雇员都表示出善意和关心。一位以摆“扑克脸”而使我印象深刻的男员工，突然有一天对我说：“如果有任何住户对你态度不好，使你感到不舒服，请一定要让我知道。虽然我们从事的是服务业，但是员工的感受与权利同样重要。”他的这番话，仍旧是摆着“扑克脸”说的，却让我真实地体会到温暖和关爱。

很多人嘴上说着对美国如何如何熟悉，但其中旁观者的身份居多。现在想来，做兼职也许不失为了解与融入真实的美国的有效途径。

现如今，这份工作我做了近一个月，带来的好处也显而易见。

首先，我对金钱陡然变得敏感起来。之前，我一向对钱财没有什么概念，花钱时常大手大脚。自从开始打工，我只要想买什么东西，便会不自觉地掰着指头算，买这个东西的价格，相当于打几个小时工。说来好笑，这样算数的结果，往往导致我没有继续购物的欲望。

由打工延伸出的另一个令我意外的惊喜，是我的身体变结实了。为方便排班，兼职的工作时长，一般以五个小时起算，即如果今天工作，就要干满五个小时。起初，我觉得五个小时是多么漫长，甚至有两次，我要一直工作到晚上十点。由于我从小身体素质不佳，工作的第一周，我无法适应工作强度，感冒发烧、眼冒金星等症状挨个儿在我身上轮了个遍。不过，最近两周，我的身体再无不适。另外，也许是由于经常要从货架上取很重的包裹，我的肌肉也在增长。打工的同时，我还把去 gym 锻炼的时间给省了下来，也算是“无心插柳”的一举两得。

这几天，我的一位朋友向我提及找工作遇到的困惑。她说：“因为英文不是母语，我常常在面试时感到不自信。”然而在这次兼职的面试中，我之所以两分钟就通过，一个重要的原因正是我会说中文。负责人事后告诉我，公寓里有越来越多的中国留学生，非常开心我加入这个团队，以帮助他们更好地与中国人沟通。

你所认为的劣势，也许正是别人求之不得的长处，所谓“甲之蜜糖，乙之砒霜”，我对这位朋友说：“你千万不要这么想。你应该发自内心地觉得，我会说中文，真是太厉害了。”

溪游记：行走在美国

Part 6

浅尝辄止

小小说：一个漂泊者的自叙

2000 年 2 月 4 日

我是一名大二的留学生，家住在上海长青里弄 57 号。

长青里弄里都是老房子，我父母从结婚起就一直住在那里。

说到父母，我的父亲有一个工厂，母亲是家庭主妇。家庭虽然不算富裕，但也可以说是小康之家。所以，我一上完高中，父母便一咬牙，将我送去美国念大学。

那个年代，手机还是个稀罕货。平日里，我都习惯写电子邮件与父母交流。只是，到了春节，无论如何我也要“奢侈”一把，与家人打个电话报个平安。于是，我兴冲冲地沿着楼梯往下走，迈出宿舍，一路小跑到学校的公用电话亭，拨通了母亲的电话。

因为父母都是家里最大的孩子，每年大年三十，亲朋好友都会来我家吃饭。所以今日，当我听到电话那头的嘈杂声，也没觉得多奇怪。

我特意提高了音量，说：“妈妈，祝你新年快乐！”

母亲的声音隔着电话传来，听起来闷闷的："哦，好好好，你那边呢，怎么样，冷吗？缺钱吗？"

"纽约真的很冷！我今天还在……"我将耳朵凑近听筒仔细地听，最后小心地说，"妈，你怎么哭了？"

母亲的哭声很压抑，似乎不愿让我听出她的难过，她支支吾吾地说："昨天，工厂里人手不够，你父亲送货的时候被车撞了，现在正在抢救。"

我的脑袋一片空白，力气被一下子抽空，只能将身子倚在电话亭的隔板上。

母亲定了定神，再说话时已经不再抽泣了："儿子，我想清楚了，你爸要是真不行了，他的工厂还是要保住。你安心读书吧，钱的事情我一定会想办法，你自己不要为难……"

听筒从我手中滑落，在半空中虚浮地晃着，一下，一下。

我怔怔地透过电话亭的透明隔板向外看，静谧的夜里，下起了雪，一片片雪花落在地上，竟像极了小时候父亲给我吃的冰糖，甜甜的，脆脆的。

2004 年 1 月 21 日

今年的大年三十，我与老胡一起过。

老胡是一个五十岁上下的中年男子，我跟他同在唐人街一个广东人开的洗车行里打工，因都是老乡，所以一来二去便熟络了。

我们穿过熙熙攘攘的大道，在街边的一家粤菜馆点了两份炒牛河、两扎啤酒，权当年夜饭。

炒牛河还没上，我就接到母亲的电话。电话那头，母亲自顾自地说开了："儿子，新年快乐！"她顿了顿，又接着道，"你别担心，我这边都蛮好的，工人都回老家过年了，我也可以休息一阵子了。"

我听母亲语气轻松，微微放下心来。我说："我在纽约也很好，工作待遇都不错，就是美国这里春节不放假。"

母亲应该是算准了我这边的时间打过来的，于是又问："那你吃晚饭没？工作再忙，也要按时吃饭。”

“妈，你别操心了，我现在就跟朋友们聚餐呢。”我说完，不由得看了一眼老胡，看见他若有所思地瞧着我，我没来由地有些急促与烦躁，于是对着电话说了句“妈，我还有事，之后再聊”，便匆匆忙忙撂下手机。

我有些不自在地搓了搓手，尴尬地朝老胡笑了笑。幸好，我们点的菜这时候及时地送了上来。我们俩手忙脚乱地布菜、分碗、分筷子、吃饭，谁也没提我刚刚跟母亲撒谎的事。

老胡吃了会儿饭，问我：“你是去年夏天刚毕业吧？怎么今年没回去过年呢？”

还能怎么样，没闲钱回去呗！我喝了半扎酒，当下酒气上来，吃饭前的那点尴尬和自尊心一扫而空，我把家里的情况一五一十跟老胡说了，并且告诉他，我要追求自己的美国梦。

老胡同我碰了碰杯，又说：“看你跟母亲打电话，一定很想家吧？”

他不提还好，一提，我的思乡之情立即涌了上来。怎么能不想呢？一闭上眼，我就想起了我的母亲，我的家，我的长青里弄。

我没有回答这个问题，答非所问地对老胡，更像是对自己说：“我的大学同学都回国了，我偏不，我知道我的选择是正确的。我要留在美国，等我过上好日子，一定把母亲接过来，让她不要再操劳。”

老胡笑笑，没有说话。他的笑却奇怪地刺痛了我的敏感点，我暗想：他这么笑什么意思，是瞧不起我的志向吗？我是混得不好，但你又比我好到哪里去？

于是我反问："那么你呢？想家吗？"

"家？美国就是我的家！"老胡竖起两根手指，打了个酒嗝说，"不是我说，你们年轻人还是没法跟我当年比。我二十多年前，二十世纪八十年代来的美国，全身家当就 100 美金，你知道吗？"

我残酷地打断了他："知道，我指的是你故乡。你想你的故乡吗？"

老胡却沉默了，再说话时，他的语调里却有了掩饰不住的无奈和落寞："二十多年了，我一次中国、一次老家也没回去过。起初当然是想回去，可是身份敏感，回不去啊！后来双亲都去世了，兄弟姐妹的感情也不过尔尔，回不回中国，也无所谓了。二十多年，不也这么过来了吗？"

老胡彻底安静下来，我们相顾无言地吃完饭、结账，结束了这不算愉快、彼此满腹心事的年夜饭。

步行回住所的路上，我再一次穿过熙熙攘攘的街道，我看到了商店的霓虹灯，不知疲倦地跳动；门开了又关，关了又开，周而复始；孩子们在路边奔跑；轿车在路上呼啸而过。而我，仿佛只是这个陌生世界的闯入者，一个居无定所漂泊在他乡的流浪客。

我感到有什么东西飞到我的脸上，凉凉的，湿湿的。我抬起头，真该死，纽约又下雪了。

2008 年 2 月 15 日

阔别九年，我终于回到了故乡。

我到家的这一天正是大年夜，冬天，天黑得早。当我一人拖着行李箱到达长青里弄时，其实周围已是黑乎乎一片，看不真切，但是我却努力地睁大眼睛，认真地打量着这一切。因为能回家，本身就是一件挺开心的事。

我沿着里弄，一路摸索着往前走，虽隔着九年的时光，但是这里的一砖一瓦，我依旧熟悉得很。

说来滑稽，在黑漆漆的夜里，我对往事的记忆却越发清晰。我想起我和表兄弟，在弄堂里奔跑追逐的身影；被我欺负、趴在清凉石板上哭泣的邻居小妹；摇着蒲扇下象棋的大爷；卖冰棍的张奶奶；修自行车的赵伯伯……围绕着长青里弄所发生的那一幕幕陈年旧事，就像放电影似的，在我脑海里一一浮现，萦绕，盘旋。

一直往前走，这条弄堂的尽头，就是我家。

母亲和亲戚都已经在门口等我了，看见我的那一刻，母亲的眼泪立马流了下来，我使出全身力气忍着没哭，却将她抱得更紧。

待我们情绪缓和，进了家门，我在客厅明亮的灯光下，仔细端详我的母亲。说实话，母亲的面容并无太大变化，只是我总隐约觉得有哪里不一样，却一时也说不上来。

席间，亲友寒暄，七嘴八舌地夸赞我年轻有为。没到 30 岁，就在华尔街上班，挣的是美金；又夸我眼光独到，这不，都快拿到绿卡了。接着舅妈问我回美国后，可否帮她买些护肤品；二伯又提到，希望我可以送弟弟也去国外镀镀金。

诸如此类的话听多了，我不免厌烦。因为，或许，只有我和母亲才知道这中间的不易、艰难和牺牲。

我努力想将话题岔开，于是说：“我们长青里弄感觉还是老样子……”

一直微笑着默默注视我的母亲，却突然出声：“亏你回来得及时，我们家过两年就要拆迁了。”

我大吃一惊，遗憾和不舍齐齐向我袭来。上海这么大，却是齐大非偶。我从小就生活在长青里弄，某种程度上，这一隅天地才是我的故乡。我不由悻悻地说：“我还以为长青里弄可以被评为文化遗产不用拆呢。”

舅妈明显因她刚刚的要求被打断而有些不爽，说道：“哟！你真是外国人！我们大家都羡慕你妈运气好呢！你不知道现在上海的房价有多贵，你家的老房子拆了，政府补贴的钱可值这个数呢！”舅妈伸出刚吃过虾还没来得及擦的油腻腻的手，在我眼前比画了一下。

我赶忙讪笑了一声。

我的事业正在上升期，实在请不了太长的假，在家里住了三天，第四天一早，就急匆匆地往机场赶去。

母亲一大早也跟着我起床了，并执意要送我。

我有些哭笑不得：“妈，你就多歇歇吧，你又不会开车，瞎掺和什么呢。”

母亲却说：“哎哟喂，我早就学会开车啦！要不，这几年我是怎么给客户送货的呢？”

最后，倔强的母亲坚持开车送我去机场。一路上，我像看西洋镜似的看着她熟练地启动车子，换挡，变道。我仍清楚地记得十年前，母亲说看到车子就晕，死活不肯学车的情景。

我扯了扯嘴角，想要微笑，但是眼泪却抢先一步落了下来。

2017 年 1 月 28 日

我在餐厅吃早饭，外面却突然吵吵闹闹起来，我朝窗外望去，原来是一支华人舞狮队刚从我家经过。

卧室里，妻子正在帮我们五岁的女儿 Olivia 穿一件毛茸茸的大红唐装。

又是一年新年到。

这几年，来美国的中国移民越来越多，最直观的好处，就是年味儿变浓了。过年时，各地都会有一年一度的庙会活动。今天，我们全家也打算去凑凑热闹。

我们步行约十分钟到达目的地，其间，女儿差点儿被她的衣服绊倒两次。现在，她正可怜巴巴地拉着她妈妈的手抱怨："Mom, why you buy such big size for me？"

我妻子说："Olivia, 这是你 grandma 买给你的。"

"So, can grandma buy a new one for me？"

妻子飞快地瞧了瞧我，低声对女儿说："Olivia，不要不懂事，你奶奶在你还没出生前就去世了。"

West

是的，我的母亲，在2011年，因患淋巴癌去世了。她病得那样突然，不过才三个月，病情就没有转圜的余地。

我又一次匆匆飞回中国，只是这次，是为母亲料理后事。

母亲留下来的东西不多，在她的房间里，却留了一箱给我未出生的女儿买的新衣服。

还记得那年，机场临别时，我对母亲说："妈，我现在快要拿到美国身份了，最多一年，哦，不，两年，最多两年，我一定要把你接到美国来，跟我一起住。"只是，最终，我的绿卡拿到了，接母亲来的心愿却落空了。

大都好物不坚牢，彩云易碎琉璃脆。一件事情如果需要用等待来宽慰，那么，结局注定意想不到。

唯一庆幸的是，母亲没有机会看到长青里弄的消亡。母亲去世后不久，长青里弄也被夷为平地。现在，那里已是高楼林立的高档公寓了。

我想，无论我走过多少路，看过多少景，故乡依然活在我的身体里。闭上眼，长青里弄虽物是人非，却历历在目。

这些印记，从来不会随着时间的流逝而变淡，甚至消失。

我牵着女儿的手，随着人流，拥挤地慢慢朝前走，漫无目的，我在沿途发现了新的风景，但也错过了来时的路。

苏芒：传媒行业的变化与未来

美国时间 2018 年 10 月 12 日晚上 7 点半，“USC AFMA 电影社团＆苏芒分享会”在南加州大学正式开始。

此次分享会的主题是“传媒行业的变化与未来”。据悉，这是苏芒自己拟定的题目，她希望能给大学生们讲述她所预见的传媒行业的发展趋势。作为前时尚集团总裁，从 1994 年入行，到 2001 年创办《时尚健康》，再到 2018 年突然神秘离职，苏芒已在传媒行业待了整整 24 个年头。

时尚与娱乐是大势所趋

苏芒在传媒领域的 24 年，经历了中国时尚从无到有的过程。

1994 年，苏芒来到了初创的时尚杂志社，开始漫长的打杂岁月。用她自己的话说：“我想从事与文字有关的工作，但因为大学专业不对口，因此处处碰壁，最后无奈之下才来到时尚杂志社。”可在那个年代，中国人对“时尚”这一概念知之甚少。苏芒自己也承认，当初压根儿就不了解时尚是什么。

1998 年，当苏芒第一次到美国纽约出差考察时，她询问别人，美国最大的行业是什么，美国人告诉她，是 entertainment 和 sports。苏芒说：“在 20 年前，娱乐行业就已席卷到美国每一个领域，我感到非常激动和震惊。所以，我相信，时尚与娱乐，也一定会成为中国传媒产业的新机遇与引爆点。”

回国后，苏芒创办了《时尚芭莎》，将娱乐与时尚相结合，使娱乐变成了一种表达方式。这对长期板结的传媒出版业来说，等于是一颗惊雷。

苏芒认为，如果要发掘新的时尚与娱乐，还是要来西方。她说：“时尚起源于法国，之后再蔓延到美国。所以，西方的娱乐与时尚行业，已经非常成熟。现在，新的时尚是什么呢？我认为是潮牌文化。你看，人人都爱潮牌，所有的大牌们，都不得不跟他们进行跨界合作。”

有危机感是一种能力

谈及危机感的话题，苏芒说：“危机感到底是什么？是挑战？还是一种不确定性呢？我觉得，危机感不等于恐惧感，有危机感是一种能力。成功的人，一定会有危机感，因为他们可以从危机中看出新的机遇。”

随着全球科技的飞速发展，传媒行业的更新迭代加快，传统媒体与新媒体之间的竞争日益激烈。许多媒体人纠结于未来发展的不确定性，因而走不出危机四伏的困局。

对此，苏芒表示："现在我们津津乐道新媒体，可是几十年前，电视对大众来说就是新媒体。十年前，互联网就是新媒体。新媒体重点在'新'，即利用新的媒介，引发信息传递方式的改变。随着互联网时代的技术创新，媒体应当寻找适应信息碎片化的沟通方式。"

如何拥有敏锐的洞察能力，也是这次分享会上苏芒讨论的重点之一。在《时尚芭莎》就任的这些年里，要面对杂志间的激烈竞争和传媒生态的急剧变化，然而在苏芒的领导下，杂志很快完成了向新媒体的转变，各项指标长期稳定在新榜前列。

苏芒认为："载体与内容的变化速度非常惊人，如何能抓住它们，就是媒体从业者洞察力的体现。我们的脑子能否跟上千禧一代的需求，除了创新求变，别无他途。"

让慈善成为时尚

你也许不是《时尚芭莎》的忠实读者，但你一定或多或少地了解《时尚芭莎》发起的"慈善夜"活动。公众对于苏芒的了解，很大一部分基于其"时尚芭莎慈善夜"发起人的身份。在一年一度的"慈善夜"活动中，上百位娱乐圈与商界大佬，如磁场般集聚，星光熠熠。筹集的善款更是数目惊人，在去年的"时尚芭莎慈善夜"中，共募集善款 102 793 657.92 元。

在此次分享会上，苏芒讲述了光环与数字背后，她的心路历程。

要解释为什么做慈善，得先清楚为什么要做时尚杂志。

Helen Gurley Brown 是苏芒的人生导师，虽然她们只见过两面。在其中一次碰面时，Helen 问苏芒："你们为什么要做女性杂志？""我似乎有很多话想要表达，却没有能够脱口而出的答案。"她回忆道。

苏芒说："其实答案很简单。因为我们要帮助人。每个女孩都会面临职场不公正、情感、性别等问题，每个女孩也都会放大自己的问题。我们希望用杂志帮助她们，让她们不再孤单，让更多女孩子成为生活中的强者。这也是《时尚芭莎》想要传递的品牌精神和社会责任。"

然而，在 2003 年非典爆发之际，苏芒第一次对这样的信念产生了动摇。"在生与死面前，我突然觉得，做媒体的意义没有那么大了。"随后，在歌手那英和杂志社同事的启发下，苏芒萌生出举办慈善会的愿望。"当时有人告诉我，可以学习国外明星拍卖，用所得善款去帮助其他人。正是这个简单而又美好的愿望，使我们开启了'时尚芭莎慈善夜'的公益旅程。"

分享会上，苏芒反复提及"不是只有有钱人，才能做慈善；帮助他人，才能成就自己"。她还强调：时尚芭莎慈善夜的口号"让慈善成为时尚"，源于"简单美好的初心"，但是，真的如同她所说，创办"时尚芭莎慈善夜"，只是为了完成一个"简单美好的初心"吗？

"时尚芭莎慈善夜"作为一个非常成功的商业策划，它不仅已被打造成中国顶级慈善盛会，并且从 2014 年起，在浙江卫视进行同步播出。苏芒的独特之处，是将线下最火的慈善、娱乐、时尚三个话题相结合，从而完成杂志的人格化和品牌化。

难能可贵的是，在 2003 年那个中国娱乐产业还不甚发达的年代，苏芒前瞻性地利用明星流量，吸引大众目光，打造出汇集国际品牌、顶级明星、时尚媒体影响力的传播新模式。

好女孩上天堂，坏女孩走四方

除了前时尚集团总裁、前《时尚芭莎》总编辑这些身份，苏芒的标签还有很多。有人称她为“自己的榜样”，有人说她是“交际花”，有人把她叫作“穿 Prada 的女魔头”。然而，从这次分享会中，不难看出，离开时尚集团的苏芒，从穿着到人设，都有了不少改变。

作为中国时尚界的代表人物，苏芒曾经在节目中表示，自己“有几百双高跟鞋，且都是八厘米的”，也被时尚集团员工在节目中指证“365 天每天穿短裙”。但在这次分享会上，苏芒却穿着牛仔裤，脚踩运动鞋，轻装上阵。令人意外的是，苏芒还提到了她鲜为人知的家庭状况。她说：“老公是个法国人，女儿现在也在念大学。”

2017“时尚芭莎慈善夜”的“争 C 位大战”与车祸般的现场直播，令人印象深刻，苏芒离职后的新一届“时尚芭莎慈善夜”于 10 月 12 日举办。相比 2017 年，今年的“时尚芭莎慈善夜”明显要低调不少。是否受困于某知名女星逃税引发的明星全行业危机，尚不能确认。

尽管新闻通稿中出现了“慈善夜全新启航”的字眼，可没了明星“撕逼”的慈善夜，还能抓住观众的心吗？到场明星数量的骤减，循规蹈矩的慈善夜流程，都让人感到些许乏味。甚至一部分网友，开始在社交平台上，怀念起“苏芒时代”的“时尚芭莎慈善夜”来。

无论有意还是无意，苏芒本身已成为绕不开的话题。作为聚光灯下的人物，不管大众对她的评价是否公允，她永远是“时尚女王”，话题度十足。

苏芒离职的半年来，一直维持着相对适度的曝光量，这也使她“给家人更多时间”的辞职理由变得晦涩不明。从今年五月离职后，苏芒短暂地从公众视线中消失了一段时间，在一个月后，她飞速以一档综艺“女人有话说”回归公众。此后，苏芒来到位于洛杉矶的南加州大学进行为期三个月的游学。与此同时，她希望能在美国发现新的合作项目。

苏芒说：“我有本很喜欢的书，叫作《好女孩上天堂，坏女孩走四方》。我觉得，无论什么时候，我们都需要有 ambition（野心）与 passion（激情），还有永不言弃的精神。”

不安分的苏芒，也许从未远去。因为，那是她天生命定的性格。

90后中国留学生访谈录

采访一：404

404 是我为数不多的异性好友，我们是在一年前一次父母的聚会上认识的。虽然我俩结识是因为双方的父母，但是事实上，我们私下的联络比双方父母的联系似乎还要多些。

也许是因为我们两个人的生日仅仅相差两天，也许是因为有着相似的家庭背景，或者相邻城市的缘故，总之，我跟 404 每次聊天都很投缘，完全不用担心冷场，并且时不时地还会冒出些“心有灵犀”的想法来。

也正因为这些原因，我选择 404 作为第一个采访对象。我和他的相处模式，一般以互怼为主。所以，这次的采访也是我俩第一次真正意义上，坐下来深入地对话，这也使得我们谈了一些平时聊天不太会涉及的话题。

在正式采访前，当我问及为什么要取 404 这个名字时，他告诉我，404 是“page not found”的意思。

404的老家位于一个富饶的城市。作为全国人均GDP遥遥领先的地方之一，404的家境自然不错。父亲在政府部门工作，母亲是个成功的企业家。谈及父母，他说："我觉得我妈是一个矛盾的人，她其实个性很保守，但是在关于我的事情上，她还是比较民主和开明的，比如说她会听取我的想法之类的。我爸呢，他平时上班蛮忙的。所以，怎么说，他一般是在大事上做决定吧。"虽然404说他没感觉到父母对他的成长有什么引领作用，但显而易见的是，他的家庭赋予了他善良、正直的性格，并为他树立了积极向上的人生观和价值观。

有例为证：很多留学生，不论男女，大都奢侈品、潮牌傍身。虽然404的家离洛杉矶著名的购物街Wilshire Blvd仅一步之遥，但是他却很少光顾那里的店铺。"我是真的对奢侈品这种东西没有任何感觉和想法，我宁可把钱花在别的方面。"他如是说。

在谈及关于成长的话题时，404跟我讲述了一件他被老师体罚的事情。不知道从什么时候开始，各个学校之间大兴暑期出国游学之风，404也参加了初中学校组织的游学项目。在十几天的游学接近尾声的时候，发生了一件令他"终生难忘"的插曲。

"一个同学的钱包不见了，然后有个跟团的英语老师，发现了他的钱包。当她拿出钱包时，我在下面喊了一句：'老师，这钱包不会是你拿的吧？'结果那个老师直接冲过来扇了我一巴掌。"时至今日，在谈及这件事的时候，404仍然感到愤愤不平，"你说，她是不是有病啊！我这句话当时完全是在开玩笑，谁知道她反应这么激烈！从小到大，我的爸妈从来没有打过我，所以我直接被这一巴掌扇蒙了，什么反应也没有。换到现在，我肯定会反抗的。

“后来过了好几年，在我念大学的时候，有次放假回家，我在路上碰到了这个老师。当时我看到她过得很落魄，我特别开心。”

我问：“你怎么看出她很落魄的呢？”

“我看到她为了几斤苹果，在跟小商贩扯着喉咙争吵。”

不难听出，404 对平生唯一的一次体罚，至今仍感到费解和愤怒。

“我到现在，过了这么久，我还清清楚楚地记得这个老师的名字。”语毕，404 很肯定地把她的名字告诉了我。

404 是初中毕业后来到美国的。在七八年前，选择到美国读高中的人并不多。所以，这可以算得上是一个比较大胆的决定。当我问他是不是因为中考失利才来的美国，他却否定了我的这个猜测。据他所说，他的中考成绩足以上当地最好的中学。之所以做出这个选择，是因为父母听别人说，越早去美国念书越好，于是决定让他在中考后申请美国的高中。

404 的高中位于美国东部，他说那个时候结识了不少积极向上的外国朋友。也因此，外国朋友带着他一同进步。因为成绩不错，他修了许多节 HONOR（荣誉）和 AP（大学预科）的课程。当他告诉我，他高中时期在英语文学课上积极发言时，我十分吃惊。一是以我对 404 的了解，我一直不觉得他是主动积极的性格。二是扪心自问，放眼我的高中生活，真的很少有中国人会在课堂上踊跃发言。大家在课堂上选择沉默，倒并不完全是因为内向，更多的是在英语课上发言并非易事，即使外国同学对老师抛出的一些晦涩问题也一筹莫展。所以，这也侧面印证了 404 高中成绩的确很好的事实。

404在UCLA念书，相较于高中，对于他的大学生活，他却不止一次地表示过不很正面的评价。在我之前择校的时候，404曾半开玩笑地叫我不要选他的学校。因为我和他都毕业于美国的私立高中，也早已习惯每节课15个人左右的小班制教学。然而UCLA作为全美数一数二的公立大学，挤得满满的教室和经常动辄200人的大课，使他很不适应。

404的专业是精算，他告诉我，在选择专业时，他跟父母有过分歧。因为理科成绩优秀的缘故，他对工程（Engineering）和计算机科学（Computer Science）比较感兴趣，但是他的父母却对此非常反对，他们更加偏向于让404学法律和医学这些传统的专业。最后，双方互退一步，他选择了精算。

说到这里，404有些无奈地摊摊手："事实证明，Engineering和Computer Science，反倒是现在最热门和抢手的专业。"在进入大学后，404想过选择计算机科学作为double major，但因为课程冲突等原因，他最后放弃了这个想法。

对于未来的职业和生活，404并没有一个明晰的方向。相反，他更加偏向于"走到哪儿算哪儿"。他说："不管怎样，我会继续念研究生，最近正在准备GRE考试。"当我问及他研究生是否会选择之前感兴趣的Engineering和Computer Science作为专业，还是会继续读精算，他给出的答案仍然模棱两可："那要看申请得上什么专业了，现在还不太确定，但是应该不会是精算了。"

今年已经是404来美国的第八年了，对于美国的评价，他脱口而出的是"空"这个词。当我示意他说一下原因时，他苦恼了很久，也没有给出一个解释。于是我换了个问法：“那么，你能分享下美国与你想象中有什么不同吗？”这个问题，404倒是很快给了我答案：“没来之前，大家肯定都觉得美国好啊。来了之后我发现，美国的确是自由的，民主的，但是这份自由与民主，好像更多的是体现在政治上吧，生活中并不是很能感受到。而且，我觉得，美国跟国内一样，势利的人还是很势利，讨厌的人还是很讨厌。”

在404读高中期间，他的家庭顺利地拿到了绿卡。因为移民的缘故，404对找工作和实习，并没有像其他中国留学生那样急切和努力。美国的身份在给他带来便利的同时，也使得他多了别人没有的烦恼。绿卡意味着404直到拿到美国护照前，必须要待在美国。“到了现在这个地步，我不可能中途放弃。”他说道，“所以说，我肯定会在美国找工作，但我还是希望可以回到中国生活。”对于理想的工作，他说：“最好可以一半时间在国内、一半时间在美国的那种。”

采访最后，404说：“我甚至有些后悔来美国这个决定。我总觉得，是不是为了一个美国身份，我牺牲得好像太多了，比如友情和理想。出国这么久，虽然我也有外国朋友，但是最最要好的朋友，还是在国内。我不是很能理解，为什么很多中国留学生，一心想要留在美国工作，美国的工作并不见得多么的高大上。我甚至觉得，假使我在中国，也一样可以通过自己的努力，考进好大学，找到满意的工作，并且过上自己喜欢的生活。”

采访二：薇薇安

薇薇安是我在大学认识的第一个中国朋友。我们因为修了同一节课而相识，虽然最后我俩都 drop 了那节课，但友情却这样延续了下来。

采访前，我参观了薇薇安在学校的宿舍。由于我有一个集强迫症、洁癖、唠叨于一身的处女座老爸，自认应该与处女座的人无缘。薇薇安却是个例外，我一直认为她是处女座的一股清流。这个认知直到参观了她的房间后，才被彻底推翻。薇薇安说她非常喜欢淡粉色，虽然我做足了心理准备，但是推开门，还是被她房间里充斥的粉色吓了一跳。床单、电脑套、枕头、笔记本、衣服，目光所及，皆为同一色系的淡粉。薇薇安虽抵死不承认，但这不是强迫症是什么？

同样，薇薇安发挥处女座特质的还有，她对于一些琐事的执着与耐心。薇薇安喜欢记手账，每天基本要花一个小时。微博上，她也是小有名气的手账博主。手账里，大都是她对于生活点滴的记录。薇薇安说，她非常热爱生活，希望将来的职业有更多的自由。这样，她就可以做自己喜欢的事情了。譬如旅行。

薇薇安来自重庆，她的父母却都是温州人。每隔几年，她都会回一趟老家。也许是因为这个缘故，重庆和温州这两座城市，在薇薇安的成长过程中，留下了许多记忆。薇薇安的父亲做电缆生意。妈妈之前有过工作，现在是家庭主妇。相比较大部分父母按部就班的工作履历，薇薇安爸爸的经历，是比较传奇的。

“爸爸是家里的长子，下面还有弟弟妹妹，加上我奶奶家不是很富裕，所以他初中一毕业，就出去闯荡了。爸爸曾经跟我说过，他开始是个铁匠，揣着一把刀，只身就去了新疆。后来他又辗转到过武汉，摸爬滚打多年后，才在重庆定居。”

我问她：“你爸爸没有念高中和大学，是不是跟温州那边不太重视教育有关呢？比如说，像在江苏，我们这里的人，比较相信读书才能出人头地。”

薇薇安肯定了我的猜测：“温州人嘛，四海为家，生下来似乎就会做生意。像我爸爸老家，周围邻居的孩子，很小就出去打工了。这种情况下，爸爸也会觉得，读书有什么用？还不如早点儿出来挣钱实在。”

除了薇薇安爸爸特别的早年经历外，值得一提的还有她的家庭构成。薇薇安家有三个孩子。当我第一次听说她还有一个小她九岁的妹妹和相差十三岁的弟弟时，我的确有些惊讶。在我印象中，同龄人大部分是独生子女。就算有兄弟姐妹，从来没有出现过三个孩子的。

提到这个，薇薇安也有些无奈：“我奶奶比较传统，希望有个男孩儿传宗接代。这也给了我妈很大压力，生了妹妹，当然得继续生。幸好，第三个是个男孩儿。”我说：“你看过《请回答，1988》吗？感觉你的家庭构成，跟那部剧还蛮相似的。”“对啊，我家也是大姐、二姐、弟弟这样的组合。我特别同情妹妹，感觉她和 1988 里的德善一样，都是比较容易被父母忽视的老二。”我又问道：“你们家里也会出现拿几个孩子来做比较的情况吗？”“那是肯定的嘛。我跟妹妹差了九岁，我妈还是动不动拿我们来做比较。特别是妹妹成绩并不太好，而我的成绩一直不错。我妈经常教育她，每次都闹得不欢而散，我听了也很不舒服。”

在来美国前，薇薇安就读于重庆高中的国际班。提及高中生活，她的评价是“非常水”。薇薇安说：“重庆的国际班，质量普遍不高。我的高中生活有些浪费时间了，整整三年，学校就是让我们学英语，不停地做题，刷 SAT 或者 ACT 分数。我最后选择上了好多门 AP 课程，否则单纯学英语，真的太不值，太无聊了。”当我告诉她我一度很想回国念国际班的想法时，薇薇安表现得相当震惊。她不解地问我：“你怎么会有这种想法呢？其实，我非常羡慕你们，很早就来美国读书，不光锻炼了口语，而且适应了环境。”我被她的“过激”反应弄得有些不好意思，支吾了一下说：“读美国的高中，好是好。但学校没有给我们时间练习标化成绩。每次完成了学校的作业后，还要自己做题，做到三更半夜不说，标化成绩也很难提高。”薇薇安却十分认真地否定了我的这个说法：“我有很多同学，刷了好几年题，但是成绩仍然很差。标化成绩高不高，这个其实是不一定的。”

来南加大上学，不仅是薇薇安第一次出国读书，而且也是她第一次来美国。问及两个月来的感受时，她说：“真的没有想到，美国大学的课程会这么重。现在的状态，就跟高二时一年修了 7 门 AP 一样。特别忙，压力也大。根本没有什么社交生活，连结识外国朋友的时间都没有。”

由于是初来乍到，我十分好奇她是否会有不适应的地方。薇薇安说：“当然会有，但是这种不习惯，主要体现在语言交流上吧。我前两天就因为这个，闹了一个笑话。不是快到万圣节了嘛，我跟朋友说，是不是晚上去问别人要 sugar。”

听到这儿，我也忍不住笑了。薇薇安有些无奈：“不要笑啊！在中文里，糖就是糖，但英文还分 sugar、candy 什么的，我刚来搞不清楚。”我说：“除此之外，你有没有想家或者想爸爸妈妈这样的情绪呢？”“我好像不会想家，对父母也不太依赖。差不多小学毕业后，我妈妈就没有管过我了。我一直寄宿，周末才回家。感觉现在在美国，跟原来寄宿生活没有什么区别。”薇薇安说道。

到了大学，除了学习之外，恋爱也是常说常新的话题。尽管薇薇安目前还是一枚“单身狗”，但我还是问了薇薇安：“如果让你深入地想一想，你未来对待婚姻的态度是怎样的呢？”她几乎不假思索地说：“我觉得婚姻，必须建立在双方都有一定经济实力的基础上。只有经济平等，才能地位平等。我特别反感那些傍大款的和结婚后在家无所事事的人。”

我反问：“你说你不能接受婚后做家庭主妇，这跟你妈妈有没有关系呢？比如说，你妈妈有什么遭遇，使得你比较反感家庭主妇的角色。”薇薇安否定了我的猜测：“怎么说，正相反，我非常崇拜我的母亲。爸爸工作忙，经常不在家，甚至我弟弟的产检，都是我妈妈一个人去的。可以说，我们三个孩子，是我妈妈一个人拉扯大的。对我而言，我不会选择这样枯燥的生活。”

刚认识薇薇安的时候，她的专业是数学。过了没多久，她告诉我想转到计算机科学（Computer Science）。虽然之前我就知道，她准备换专业，但是一直没有问她原因。在这次采访中，她告诉我，她申请的第一目标是 UCLA 的数学系，但是被拒。南加大虽然跟 UCLA 排名并列，但它的数学专业却要逊色于 UCLA，她想把专业换到南加大比较拿手和热门的 Computer Science。

我对她的解释充满疑惑，反观自己，即使换学校，也不会放弃自己认准的专业。“难道你选专业不是因为兴趣吗？”薇薇安回答我：“怎么说呢？我对理科都比较感兴趣，而且我觉得理科的专业都差不多。我甚至觉得，既然交了这么贵的学费，当然要选学校里比较好的专业。”我说：“如果这么说，我们学校的电影、传媒都很好，你为什么不选它们呢？”薇薇安说：“选专业当然还要和未来就业挂钩。你不要觉得我有点儿 mean 啦，我的真实想法就是这样。我们为什么要读书呢？不就是为了找到好工作和挣钱嘛。”

后记：

我和薇薇安很熟，经常聚在一起聊各种八卦外加嬉笑打闹。在平时的接触中，我从来没有意识到，她无论对于未来、工作，还是爱情，都是如此的“头脑冷静”。

采访结束后，我对薇薇安说：“我有种预感，你可能是我遇见的接受采访的那么多人中最理性的人了。”薇薇安笑着说：“不会吧？可能这就是理科生的思维方式吧。”

虽然薇薇安将她如此现实的言论归结为理科生的缘故，但我却并不认同。我有很多学理科的朋友，在采访中，他们或多或少会流露出他们的困惑、幼稚和冲动。

薇薇安比我还要小几个月，当我们大多数人还停留在爱情至上、兴趣至上的理想主义时，她却有着同龄人所没有的成熟与理智。我觉得她的早熟，无疑与她的家庭背景和她对自身的要求，有着千丝万缕的关系。

采访三：Crystal

Crystal 来自北京的一个“高级知识分子”家庭。我之所以这么说，是因为在那个物资匮乏的年代里，Crystal 的父母皆受到良好教育，成为国内知名大学毕业生，并且一路拿到了研究生文凭。现在，她的父亲在一家负责节能的国企工作，母亲是一名医生。

作为家里的独女，Crystal 从小就备受宠爱。当然，父母的爱并不庸俗地体现在对她百依百顺上，而是非常努力地培养她的兴趣爱好。她说：“我们全家非常喜欢旅行，只要有空，就会出去旅行，并且常常是爸爸、妈妈、我和奶奶四个人一起出动。比如去年，我们去了埃及。嗯，对了，我们今年寒假打算去土耳其，考虑到奶奶腿脚不太方便，这次行程计划不带奶奶。”Crystal 接受采访时正值期中考试过后不久。我对她这么早就开始计划寒假旅行有些意外，不禁反问：“虽然我对研究生群体不太了解，但你们是不是应该利用寒假，开始找实习单位呢？”Crystal 笑着说：“理论上是的。但我真的很想去土耳其，而且这是之前就定下来的行程。所以，我只好之后再考虑实习的事情了。”

谈及父母的话题，Crystal 说道：“父母比较尊重我的想法，特别是当理想和现实没有办法两全的时候，爸爸妈妈支持我坚守理想。”

虽然 Crystal 是地地道道的老北京人，但是她说话几乎不带京味儿，以至我第一次见到她，还误以为她是个来自南方的姑娘。Crystal 说，这也许是她在浙江大学上了四年学的缘故。我已经知道她目前入读 USC 传播学专业，所以我很好奇 Crystal 国内的本科，

竟然学的是纯工科的自动化专业。我问：“你当时怎么会选择自动化专业的？比如我，作为一个文科生，我压根儿就没有听说过自动化这个专业。”

Crystal 摆了摆手，安慰我：“没事没事，很多人都不知道自动化是干什么的，当时选择这个专业，其实原因很‘瞎’。我那一届，浙江大学算是在北京提前招生吧，我被录取了。爸爸说，浙大的话，当然是工科好啦。然后我就稀里糊涂地报了浙大的工科。在浙江大学，进去第一年是不分科的，但因为工科是已经定了的，所以第二年选专业，也要在工科这个范围内来选。由于我的理科不好，我就选了其中最不理科的专业——自动化来学。”

她接着补充道：“听起来有点儿不可思议。虽然我的专业是自动化，但其实我从小到大，理科学得并不是很好，当然也不能算差吧。相比理科，我倒是一直非常喜欢文科。”“所以这就是你研究生读传媒的原因吗？”Crystal 回答我：“可以这么说吧，本科四年读下来，我是真的不喜欢自动化。大学毕业后，我也去了相关公司实习了一段时间，但总是提不起兴趣。今年暑假，我到一家公司的传媒部待了半个月，这期间接触到了传媒，特别有感觉。”

另外，Crystal 跟我说了一件她觉得挺特别的事儿。因为美国的研究生没有关于自动化的对口专业，她的大部分本科同学出来深造都会转专业，比如换成计算机科学之类的。但是像 Crystal 一样，将专业转得如此“八竿子打不着”的，那一届只有她一个。

当我问及 Crystal 为什么选择来美国读研究生，她说：“因为我家在北京，北京那边其实出国都挺早的。在我读高中时，身边就有朋友出国念书。但我当时觉得自己的成绩也不错，没有非常迫切想要出国的想法。现在的话，因为美国的传媒资源很好，而且南加大的传媒学院实在太强了，这些都是吸引我来美国的原因。”

虽然 Crystal 来美国才四个月，但她强烈感受到了中美之间教育和生活等方面的差异。“我感觉美国的课堂，和中国的氛围真的不同。在国内，大家上学其实还是比较轻松的，特别是只要期末考试考好了，成绩基本不会有大问题。但在美国，每节课的成绩都是由出勤、quiz、essay paper、期中考试、期末考试这几个部分组成，每个部分都非常重要，要拿到高分，真的挺难的。”

面对未来，Crystal 比较迷茫。她现在比较确定的，一是毕业后肯定会回国工作，二是大的方向会是传媒。但是，Crystal 并未有什么非常具体的目标。因为我跟 Crystal 的专业都属于新闻传播学院，对她的专业也比较熟悉，所以我向她提到了与传媒相关的现在比较热门的大数据分析。她说：“我前一阵子也在做一个关于市场大数据分析的项目。事实证明，并没有想象中的那么喜欢。我现在处于什么工作和机会都去试一试的状态，希望能从试一试当中，找到一个适合自己的具体职业目标。就像之前的自动化一样，对口的专业我都可以做，但并不一定会很喜欢。我现在也很头疼这个问题，喜欢一个职业太难了。”

Crystal 接着说：“我其实比较后悔，当时本科毕业后没有选择 gap 一年，而是直接来美国念研究生。如果我 gap 的话，可以多一年时间去尝试不同的职位，应该会比现在对未来的职业方向看得更清楚些。”当我问她是否回国从事比较保险的职业，比如公务员，她告诉我：“我对这个其实并不排斥。之前我在国内实习的单位，就属于朝九晚五的性质，没有什么挑战性，每天上班非常闲。现在这个阶段，我还是希望能够找到真正把技术和知识结合在一起的工作。”

这次和 Crystal 的见面，地点安排在我所住学生公寓的学习室。从公寓步行去学校只需五分钟，内部设施也比较全面。这是 Crystal 首次参观我的公寓，她对公寓的便捷程度和设施赞不绝口，问我月租是多少钱，当我告诉她价格之后，她表示：“这个价格有点儿贵啊。我在学校附近跟三个朋友一起租了一间 house，每个人每月租金差不多 1200 美元。现在我们把客厅的公共区域租给了另一个女生，每个月收她 600 美元。这样，我每个月租金差不多就只要 1000 美元了。”

此外，Crystal 向我吐槽美国的物价之贵，以至她每次买东西，都会习惯性地将美元在脑海中折换成人民币的价格。她说："如果是出去吃饭和购物，到现在，每次单笔消费我都不会超过 100 美元。怎么说呢，我可能更愿意将钱花在比较有意义的事情上面，比如去看一场演出，或者是出去旅行。"

最后，我问她："既然你学的是传媒，那么你对美国出现的恐怖袭击事件有怎样的态度？" Crystal 说："美国跟我想象中的还是有所不同。比如说，我感觉生活在美国，比较缺乏安全感。像前阵子拉斯韦加斯的枪击案，我觉得在国内肯定不会发生。所以，虽然美国提倡自由，但是就我本人来说，我还是十分支持控枪的。"

采访四：Joseph

Joseph 的烟瘾很重。这是我对他的第一印象。我跟 Joseph 及其他朋友曾经一起吃过饭。因为美国很多地方室内不许抽烟，Joseph 一顿饭的工夫，大概出去抽烟三次。席间每次离开，他都挺有礼貌地对我们说："不好意思，我出去抽根烟。"

所以，采访他的第一个问题，完全出于自己的好奇。我问他："你每天要抽多少烟呢？有一包吗？" 他摆了摆手："没有没有，差不多半包的样子。" Joseph 向我叙述了他的抽烟史："我差不多高二开始吸烟的。刚开始因为猎奇，偷爸爸的烟抽，后来发现戒不掉了。但我的爸爸妈妈都挺开明的，我爸妈知道后，除了要我少抽一点，也没有什么过激的反应。还有比如我上初中就谈恋爱，父母知道后也没反对。总体来说，对我管得挺松的。”

Joseph 就读的高中，是当地的普通学校。他来美国念书，是因为在国内念高中时参加的“模拟联合国”活动。“模拟联合国”，顾名思义，就是学生通过辩论等方式，模拟体验联合国的事务。

他说：“我非常喜欢参加‘模拟联合国’，前前后后国内国外参加了好几次。在参与的过程中，实实在在地意识到世界的多元。我感觉如果到了美国，可以接触到更多不一样的人，体验到更缤纷的世界。”

由于这个原因，Joseph 对国际关系（International Relations）很感兴趣。但在大的方向上，他却选择了经济数学（Econ-Math）。他说，这是因为未来的就业要考虑方方面面的因素，而不仅仅凭单纯的兴趣。我告诉他，我们南加大修经济数学的中国人非常多。Joseph 肯定了我的这一说法。“修我这个专业的中国人，好像都没有想好将来的职业规划。因为它是两个专业的 combine，可以同时修经济和数学两个专业的内容。”

问及 Joseph 对美国的印象，他想了想告诉我，美国就是一个“大农村”：“感觉美国什么都没有呀。吃的、玩的都挺少的。很多店别提 24 小时营业了，晚上八点大部分就关门，和国内比起来，很不方便。”

Joseph 跟我同修一门课，但是接近期末时，他却选择 drop 这门课。虽然大家这节课的分数普遍不高，但很少有人会这样做。问及他放弃的理由，他很无奈地说：“这节课的分数给得太低了。而且我经常不去上课，所以连出勤的分数也拿不到。想想还是 drop 了。”尽管我不知道他具体的分数，但是我的确没怎么在课堂上见过 Joseph。

“那么，你不来上课的话，平时做什么呢？”我问。

“平时的话，一般在宿舍待着，或者出去社交应酬吧。我每天基本早上五六点才睡，白天的课经常起不来。”他如实说道，“我觉得社交是很重要的，可以积累人际关系。”Joseph 在开学初，就加入了学校的华人学生会，并且“混”得似乎也不错。“我们学生会有不同的部门。除了每周的例会，每个部门也会有聚餐之类的社交活动。”

除此之外，Joseph 跟外国人玩得也不错。南加大校园内有很多宿舍，但是大多数中国新生，喜欢住在中国人扎堆的宿舍楼。然而，Joseph 的宿舍偏居学校一隅。他告诉我，他的那一层宿舍，只有两个中国人。“我的外国朋友挺多的，大部分是在宿舍里认识的。平时一起玩儿，比如有时候教外国人用中文骂人，或者互相开一些玩笑什么的。乍一听起来挺 mean 的，但是我们都知道，只是个玩笑，所以不会因此过于敏感。”

记得 Joseph 跟我说，他的英文不是很好，我挺好奇他同外国朋友的友谊是如何建立的。Joseph 告诉我，他的宿舍里大部分都是外国人，大家非常热衷开 party。“我们每周五在宿舍里开 party，我跟外国人就是这么熟起来的。开完 party，我们就一起看动画片，基本上每次都会 high 到天亮。”

“是有引号的那种动画片吗？”

Joseph 有些无语：“你在想什么呢？就是动画片呀，比如辛普森一家之类的。”

采访五：Jamie

我跟 Jamie 的认识是通过她的美国室友。说起来不可思议，这个室友恰好是我高中好朋友的初中同学。并且，我们三个现在都在同一所大学就读。虽然关系有些“混乱”，但是我还是和 Jamie 这么相识了。

Jamie 跟我见面次数并不多，但是从跟她不多的接触中，她留给我的印象很特别。为什么呢？因为从她的言行举止中不难感受到，她跟我周围认识的其他中国朋友不太一样。比如说，我跟 Jamie 第一次见面，她虽然长着一副亚洲人的面孔，但是她跟我全程都在说英文。由于她的英文实在太好了，以至我误以为她是个华裔。直到最后，介绍我跟 Jamie 认识的美国朋友“好心”地提醒：“你们为什么不说中文？”然而，即使之后改用中文交流，我发现 Jamie 的普通话说得并不利索，以至一些话她仍然要用英语解释。再比方说，在大一的新生群里，每个人需要备注个人的专业和家乡。但我留意到 Jamie 备注的城市，是令人费解的“台湾 + 上海”。

“你到底是哪里人呢？”采访从这个问题开始。

“我是中国台湾人喔。生在中国台湾，幼稚园也是在台湾上的。”Jamie 如是说道，“但是因为爸爸妈妈工作的缘故，我在广州待了很短的时间。从小学开始，我都是在上海念的书。”

“你的英语说得很好，大概是我认识的中国人当中发音最标准的，你是怎么做到的呢？”

听我这么说，她有些不好意思：“没有这么夸张，你的英语也说得相当棒嘛。我的英语发音比较标准，可能是从幼稚园开始，我上的都是双语学校吧。感觉用英文交流的机会，比普通话还要多一些。”

得益于从小开始的语言环境，Jamie 在美国读书，没有任何不适和需要过渡的地方。Jamie 告诉我，虽然家人早有计划让她出国，但是来美国求学却是个“意外”。“我本身是计划去英国读书的，但因为我托福成绩不错，所以干脆就来美国了。”Jamie 的专业是经济数学（economic maths），至于为什么选择这个专业，她说：“完全是个人兴趣，我从小喜欢数学，觉得将来读和数学有关的专业挺不错。”Jamie 笑着向我抱怨，“但是数学专业挺难念的，我很担心头发会掉光光。”

这次采访正值黑色星期五，我和 Jamie 自然聊起了购物的话题。Jamie 向我展示她趁打折买到的包包。她一向衣着朴素，并没有所谓的名牌傍身。我问：“你平常每个月的生活费大概是多少呢？”

她说：“我感觉每个月花不了多少钱，可能差不多 100 美元吧。”

我大吃一惊：“怎么可能才 100 美元？”

“因为我住宿舍嘛，住宿费包含在学费里，开学前就交了。学校有 meal plan，我一日三餐在食堂吃，不用花钱。我对购物也没有什么兴趣，所以，除了偶尔外出吃饭和手机话费，我基本上没有什么花销。”Jamie 想了想告诉我。

学习之余，Jamie 更乐意参与学校的社团活动。她说采访结束后，她还要赶去上学校舞蹈社团的芭蕾舞课，晚上就要登台表演。

这学期 Jamie 比较遗憾的事情之一，是没有结交到多少中国大陆的朋友。由于 Jamie 特别的成长经历，我想从她身上引出她对两岸问题的看法。我问："平时的学习和日常生活中，你有没有感受到，大陆和台湾之间互相存在偏见呢？"

"说真的，我之前不管是在上海，还是台北，其实没有感受到不和谐的声音。每年回台湾，有时别人问我在哪里读书，我都会说是在上海，他们也没有什么特别的反应。"另外，Jamie 告诉我，作为生活在上海的台湾人，她的身份没有给她带来任何困扰，反倒是因为她来自台湾的缘故，同学们对她都很好。

采访六：Lucy

Lucy 来自北京，身材适中，长相清秀，戴着一副眼镜，也不太爱化妆。刚认识时，我被她的外表所迷惑，以为她温柔内向，后来联系多了，发现她挺活泼耿直的。

Lucy 在北京一所知名高中国际班毕业后，选择去美国的文理学院就读。我通过百度获知了该校的简介。"圣约翰学院（St. John's College）是美国的一所自由文理学院（Liberal Arts College），位于美国东部的马里兰州，也是美国第三古老的高等教育院校。"

即便网上浏览的信息再多，我对 Lucy 就读的大学以及美国的文理学院仍不甚了解。抱着这样的好奇，克服无法当面交流的障碍，我通过语音采访了她。

"你高中入读国际班，说明你至少高中就产生出国的想法了。为什么想出国念书？选择美国又是什么原因呢？"我问。

Lucy 想了想说："可能是我初中时，看到认识的学长、学姐都选择出国，挺羡慕他们能拿到国外奖学金的。对于出国，我父母也很支持，所以我高中就去国际班了。"至于选择美国留学，她告诉我，美国的好学校比较多，教育理念更是领先于其他国家。

因我申请大学时，一所文理学院也没有填报，对其几乎是零了解。文理学院到底有什么特别之处？采访中，我向 Lucy 说出了我的疑问。

"我的一些学长、学姐在文理学院读书，包括圣约翰学院。他们交流时会说文理学院的很多优点，比如实行'精英教育'等。现在想想，其实我当初有点儿被他们的'理想主义'迷惑了。但的确，文理学院是小班课堂，比综合性大学更人性化。并且，我不太希望大学有太多中国人。所以文理学院比较符合我的要求吧。"Lucy 说。

"从 1937 年开始，圣约翰大学一直沿用一种独特的教学制度，称作'伟大著作'（Great Books）制度。这个制度规定，学校的教学必须建立在对西方伟大的哲学和文学著作的讨论之上。"我跟 Lucy 复述了在网上找到的相关资料，并请她解释一下什么是"伟大著作"。

Lucy 向我简单描述了圣约翰学院的课程设置。"简单来说，就是什么都学。我们平时上课的内容，涉及哲学、神学、数学、自然科学、音乐、诗歌，还有文学，并且所有的课程都是固定的必修课。这点感觉跟国内的高中还挺像。"

我问："那你的专业是什么呢？"

"我们学校跟其他美国的大学，以及大部分文理学院都不一样。

它是不分专业的。如果一定要说的话，我们这个叫博雅教育，英文名是 Liberal Arts Education。顾名思义，我学的是哲学和文学。” Lucy 回答道。

“啊？不分专业？”我感觉难以置信，“我知道博雅教育，就是平时所说的全面发展的素质教育嘛。但是，如果不分专业，毕业之后的就业是往哪个方向呢？”我问。

“其实刚开始我也挺困惑的，因为担心并没有学习非常有专业性的课程。我们学校的学生毕业之后，就业一般围绕教育、工程、法律、医药等领域，而且大部分人会选择读研。”

对于未来的生活和职业规划，Lucy 已有了初步想法。“我还是希望留在美国，争取拿到一个身份。毕业之后，我计划继续读研。顺利的话，可以进入全美排名前十的法学院。”

采访中，Lucy 告诉我，她是在另一所文理学院待了一年后，才转入圣约翰学院的。谈及转学的原因，她直言“不喜欢”：“我之前的学校是个不到 1000 人的女校。我感觉挺无聊的。因为学校里几乎没有社团，但我是个很热衷社团活动的人。另外，我其实之前就想到圣约翰上学。所以，大一结束后，我就转学了。因为课程设置不同，我大一的学分，圣约翰学院都不承认，导致我不得不再念一年大一。”

“这么说，你经历了两所文理学院，发现它们各有什么特点吗？”我问。

“文理学院普遍人数较少，这既是优点，也是缺点。优点是同学之间互相都认识，关系也挺不错的。当然，还有所谓的小班教学。缺点的话，因为上课人数少，课程肯定不如综合性大学的选择余地多。比方说，有一些我比较感兴趣的课程，像计算机科学课，都没有设置。”Lucy 有些遗憾地说。

“我看你的朋友圈，有时会提到初高中的同学。到美国后，你跟国内的朋友和家人联系多吗？”我问。

“现在联系都挺多的，这个真跟心态有关。前一阵子，一个朋友的妈妈去世了，给我触动挺大，我觉得更应该珍惜当下的生活。现在我每两三天都会跟家人视频。家人，怎么说呢，无论什么时候，都能给我精神上的支持。最近我跟一个初中同学又联系上了。就刚刚，我还去看望了初中的老师。说实话，跟他们接触，我挺感动的。我觉得过去这么久，大家的感情都没有变。”Lucy 答道。

女生聚在一起总是八卦不断。当我问及感情观的话题，Lucy 说：“我很希望我跟我未来的另一半都是彼此的初恋。”

“哇，没有想到你对待感情很保守嘛，现在有你这种想法的，肯定不多了。”我揶揄道。

“是吗？跟保守无关，我就是觉得，这样回忆起来挺甜蜜的。”她说。

“但是你这个愿望，实现起来有点儿难，现在哪个男生没谈过恋爱？”我问。

“有啊，我周围有好多男生，都没有谈过啊。”Lucy 如是说。

虽说这次是我对 Lucy 的采访，但是她对我的生活同样充满好奇。由于学校类型和地理环境的差异，虽然同在美国，我跟 Lucy 所处的学习和社会环境都大不一样。她半开玩笑地说：“我还挺羡慕你们在大城市生活的。我住的这个小镇，实在太小、太安逸了，二三十分钟就可以逛完一遍。所以，我感觉天天过着岁月静好的田园生活。”

但当她听完我对大学生活一些“奇闻逸事”的描述后，Lucy 表达了震惊，说：“我觉得你的学校好可怕。我还是继续待在小镇上吧。”

我连忙告诉她：“我的大学不背锅啊。只要人多一些的地方，好事、坏事、奇葩事，自然会多很多。”

“感觉现在整个风气都挺浮躁的。我是真的无法接受。比如说，我一直不能理解美国的 Party 文化，我觉得就是一堆人放着震天响的音乐，群魔乱舞地自嗨。”Lucy 向我吐槽道，“我这次回去见老师，跟老师描述了这些校园 Party，老师对我说：‘他们是疯了吗？’”

采访七：Ben

Ben 是我初中外加幼儿园同学。所以，他逢人就说：“我跟 Lincy 青梅竹马，都认识十几年了。”

我对他的这个言论不敢苟同，甚至“嗤之以鼻”。虽然幼儿园“师出同门”，但这件事，还是在我俩初中认识后无意中发现的，并非如 Ben 所说，从幼儿园就彼此认识。当时，我正在教室跟朋友谈起我鲜为人知的幼儿园经历，隔壁班的 Ben 碰巧经过我的班级，在听到我的话后，他紧接着就冲进教室，一把抓住我，激动地同我这个幼儿园同学握手相认了。

令人唏嘘的是，我俩的幼儿园在历经数次改名和搬迁之后，几年前就已轰然倒塌，化为市中心的一堆废墟，相关的老师和同学，半点儿踪迹不寻。所以，对于这位唯一仍有联络的幼儿园同学，我还是非常珍惜的，即便他经常干些“麻烦事”。

Ben 在初中“名气”挺大。一是因为他复杂的人际关系。Ben 喜欢广交朋友，认为这是他的魅力所在。得了空，他就向我吹嘘他“江湖大哥”的崇高地位。

我对此将信将疑，直到一次跑 800 米，即将完成最后半圈，正上气不接下气之际，突然冒出一个陌生男子跟着我并排跑，并开始套近乎自我介绍，大意是“我是 Ben 的小弟，我叫 ×××”云云，我才相信 Ben 所言非虚。但是兄弟一多，有时并不是一件好事。一旦出现“党派斗争”，Ben 就得为了所谓的“江湖名声”奋不顾身。当然，最后的结局自然是被逮到教导主任办公室喝茶。

Ben 名声大的另一个原因，则是他丰富的恋爱史。Ben 长得挺帅，一直颇受女生青睐。初中时，他连续谈了好几个女朋友。虽每谈一次，都要被找家长，可似乎他也很享受这样的生活。我现在还有印象的，是一个比他小一届的女生。特别之处在于，这个女生的父亲在学校超市里卖炸鸡腿。我当时正痴迷炸鸡腿迷人的风味而无法自拔，因此羡慕了 Ben 很久，彼时单纯如我，经常想象他可以吃到免费的鸡腿撑到饱。

我跟 Ben 的少时交往大抵如此。初中毕业后，随着我俩各奔东西，虽然江湖上仍不时有他“谈恋爱了”“分手了”这样的花边新闻，我跟 Ben 却渐行渐远。这两年，他来到美国读书，我们又重新恢复了联系，当然这是后话。

Ben 初中毕业后，选择到当地最好的高中读国际班。从我跟 Ben 认识起，美国经常出现在他的口头禅里。有时跟他抱怨一些人和事时，他常常说："我将来要去美国的。"最近的聊天中，Ben 终于说出了他出国的真正原因："因为父母很想出国，所以潜移默化。小时候家里一度想移民加拿大，只不过最后失败了。"

Ben 的父亲从商，母亲是家庭主妇。他说父母经常跟他讲的一句话，就是"自己的路要自己走"，所以平时父母也很少干涉他的生活。神奇的是，一向健忘的我，却仍记得和 Ben 的妈妈唯一的一次见面。

我当时跟 Ben 在同一家英语培训机构上课，他妈妈拎着一碗甜品来看他，并且亲自喂给他吃。不知何故，Ben 一边吃一边骂他妈妈。我很震惊地看着 Ben 的妈妈，一边喂她上初中的儿子吃东西，一边置若罔闻于儿子满嘴的脏话。我盯着 Ben 看了很久，本想成为"正义"的化身，制止他的愚蠢行为，但又犹豫 Ben 妈妈本人都没有意见。最后，话到嘴边，我朝他们憋出一句："怎么男的还吃甜品啊？"之后 Ben 告诉我，因为我的那句"怎么男的还吃甜品啊"，他妈妈过了这么多年，对我也印象深刻。

一年多前，Ben 顺利考上波士顿大学（Boston University），开启了他的留美之旅。让人大跌眼镜的是，提到对美国的印象，Ben 却直摇头，"美国跟我想的太不一样了。来之前，总以为美国肯定很繁华，但到了之后，发现真不是这样。比如说，波士顿也算个大都市吧，但感觉还不如常州"。

我问："真的吗？你可以具体说说，美国哪里让你不满意了？我还记得你之前说美国是世界第一呢。"

"美国只有两点比中国好。一是这里的空气和水，质量比中国好；二是火警非常快。除了这两点，我跟你说，中国其他方面都比美国方便太多了。"

"明白，但是为什么会突然提到火警呢？"我问。

"你不觉得美国的火警很给力吗？每家都会装火警警报器，而且消防车来的速度可谓神速。消防车在路上走，所有车辆自动靠边，让它们先行，我觉得这方面，美国做得很好。"Ben 回答我。

一年前 Ben 要来洛杉矶旅游，顺便去看他在月子中心待产的舅妈。于是，我俩又有了联系。我请他吃了简餐，并聊起了这两年的近况。席间，他说他在大学主修酒店管理，辅修传媒。"我舅舅在国内开了个酒店，毕业之后可以继承，直接做老板，多爽。"Ben 说道。

当 Ben 问起我的近况，我提到刚考过了驾照，并买了车。这个话题引起 Ben 的兴趣。他问："你买的什么车啊？"

"啊，我从一个学长那儿买了辆二手的丰田。"我不无得意地说起这辆车的性价比。

"笑死我了，你为什么买丰田啊？混得不行啊。我刚买了一辆保时捷，这么说，我可以买差不多十辆你这样的车了。"Ben 豪迈地说，"什么时候你来波士顿，我拿保时捷载你。或者回国，我开国内的奔驰，肯定让你倍儿有面子。"

我跟 Ben 并不经常聊天，在寥寥可数的某次聊天中，当时我因写作上本书的需要，于是向他询问，如何看待国内民众对留学生有些敌意的看法和负面的评价？

Ben 的回答令我记忆犹新。“这关我什么事？对于网络上的键盘侠，我根本就懒得理。但是我特能理解这些人的心态，怎么说呢，人和人还是有阶级分别的。”

2017 年暑假，我在国内跟 Ben 又见过一次，“如愿”坐上他的奔驰。车是好车，只是 Ben 的车技堪忧。很明显，Ben 还记着上次我们关于车的对话。去往饭店的路上，他对我说：“忘了问了，你的 Toyota 怎么样了？还没换车吗？”

“啊！没换。它挺好的。”我说。

一坐定，他又迫不及待地跟我炫耀他在学校的女生缘。可惜我已错过八卦的年龄。于是，Ben 朝我晃了晃手机，翻出一张照片，说：“喏，这是我暑假在喜来登酒店实习的照片。你别小瞧这个，我是在 VIP 部门做的实习，服务的都是大咖。大咖，你懂吗？”

只不过，再过几个月见到 Ben，他突然对酒店管理失去了兴趣，转头去学计算机科学。Ben 向我抱怨道：“酒店管理太 Low 了。之前我在酒店实习，感觉挺没意思的。”Ben 顿了顿接着说，“当时我碰到一个人，国外名牌学校毕业，学的酒店管理。但毕业后，也只能到喜来登端盘子，很没有前途。”

“可我记得你不是向我炫耀过自己在 VIP 部门实习吗？”

Ben 忙摆了摆手：“在 VIP 部门，不也是端盘子，服务别人嘛。像我这样的人，应该被别人服务啊！”

我没有继续追问 Ben 舅舅的酒店下文，但明显“继承”是不了了之了。

可酒店管理和计算机科学，似乎风马牛不相及，对此，Ben 给出了选择计算机科学颇为“新颖”的理由。他说：“我女朋友认为，像我这样的高智商人才，还是要读理工科，不然太埋没人才了。再者，我也认为 Computer Science 是真正能学到技术的。”

虽然 Ben 一直是“吊儿郎当”的调调，但他上学期的 GPA 是 3.8（满分为 4.0），这个成绩无论放在哪所学校，都是很耀眼的分数了。

我开玩笑地说：“GPA 这么高，不会是你的学校比较好拿分吧？”

“开什么玩笑，我们学校每年都在 final 最难的美国大学排行榜上排名第一好嘛！我是凭自己努力拿的分数。”Ben 一边说一边翻手机相册，“给你看看我这学期的课表，排得特别满。因为我是大二才转的专业，本身 Computer Science 专业课程就很紧张，所以我就更要抓紧了。”

我看到 Ben 周一至周五的课程，的确排得满满当当，于是问他有没有觉得时间不够用。

“完全没有啊。总体来说，我觉得学习并不难，我花在作业上的时间，差不多占我总时间的十分之一吧。”Ben 不无得意地说。

对每天被各种文科 reading 和 writing 折磨到深夜的我来说，Ben 的话无疑让我震惊。我问：“如果作业这么轻松地完成，剩下的时间你怎么分配呢？”

“除了睡觉、吃饭，主要是打游戏。我平常睡得挺晚的，基本都是跟朋友组队打游戏或者出去玩。只有在有作业 due 的晚上，才会熬夜赶工。”

得益于游戏，Ben 跟曾经的高中朋友一直保持着友谊。他说："我几乎天天跟他们联系，因为要一起吃鸡、开黑呀。而且因为这几位高中的朋友也都来了美国，打游戏还没有时差，挺爽的。"

"你打的是什么游戏？"

"绝地求生，最近很火的。"Ben 答道。

平时的课余生活，除了打游戏，Ben 也会外出旅游。因他有 PO 照片在社交平台的习惯，所以，通过 Ben 的朋友圈，可以基本了解他的近况。他的朋友圈里有时是旅行，有时是穿着奢侈品的自拍，最近的一次更新，是跟女朋友去迈阿密玩的照片。虽然每次照片风格不尽相同，但是 Ben 想要传达的"我跟你们这种屌丝，完全不是一个 level"的主题，倒是永远不变。

当我问他一个月的花销时，Ben 想了挺久。"这个很难算的，有时花得多，有时花得少。算不出来。反正我妈对我花钱这方面没有限制。"在我的坚持下，他说："嗯，上个月，我差不多花了 7500 刀的样子吧。"

"7500 刀？你干什么去了？"我问。

Ben 说："上个月出去旅游几天。其实每个月的费用，来去也不大，主要花在购物上，比如买奢侈品、潮牌之类的。"

"你是买给女朋友吗？我总觉得一个男生在购物上花销这么大有点儿夸张。"

Ben 对我的说法表示否定，他半开玩笑地说："买给自己啊，我平常没事儿买给女朋友做什么。还有，你怎么有性别歧视啊？男人当然也要靠奢侈品包装自己啊。"

问及今后的打算，Ben 说得云淡风轻："先在美国工作个两三年，看看国内外都有什么好的项目值得投资。"

"等等，投资？你是打算之后经商喽，那你学的计算机科学呢？"我问。

"肯定要做生意嘛。电脑这种东西，没有'钱途'的。"他摆摆手。

这句话听起来有点耳熟。

这与 Ben 当初放弃酒店管理专业时的理由很相似。他当时说了什么呢？"酒店管理很没有前途。"

似乎他的每一项选择和决定，都以"钱的多寡"作为基准。钱可以判定一切事物有无意义，也可以作为武器包装自己，这也许是 Ben 来到美国之后，学到的又一个人生准则。

只是"钱途"真的等于"前途"吗？

采访八：CY

跟 CY 约在早上九点半见面，这是我们俩的第一次见面，但我还是在人群中一眼认出了他。我站在台阶上，看着 CY 从路的另一头走来。在太阳光的照射下，他耳朵上戴着的几个钻石耳钉闪烁着奇异的光芒。

CY 性格耿直，毫不忌讳谈论任何话题。出于礼貌，我向他反复确认了几次："我这么写没有关系吧？"他都爽快地说"没事啊。我挺看得开的"抑或是"OK，OK，随便写"。

2008 年，CY 来到洛杉矶，就读于一所公立高中。对于这么早选择出国的原因，他双手一摊，说："能有什么理由？就是想逃避高考呗。"

我被他不假思索的答案打了个措手不及："你是用这个理由说服父母的？"

"不是，跟父母肯定是说，我想出国看看更大的世界。起初我妈不同意，但后来她去帮我算了个命……" CY 开始滔滔不绝起他的算命往事。

总而言之，CY 顺利地来到了美国读书。因年代久远，CY 对高中的记忆不算深刻，他对自己高中阶段的整体评价是"混日子"："我高中没有好好读书。因为我待的地方真的挺偏僻，又是公立学校，学校只有 6 个中国人，每天无所事事。" CY 向我举了个例子，大部分高中生一定会考的大学预科课程，他愣是高中整整四年，一个 AP（大学预科课程）都没考。

"你说你高中没有认真读书，但从你大学的情况看，成绩不差啊？"

"我在社区大学读了两年后才转过来的。" CY 补充道，"社区大学的学分非常容易拿，并且大部分大学都认可这些学分。我大三转学时，差不多带来了 70 个学分。"

对于社区大学的一段经历，CY 告诉我："很多人对社区大学有误解，认为是'野鸡学校'。但其实很多人，包括美国人，都会在高中毕业后，选择社区大学。一是因为学费低，几千美金吧；二是入学容易，借助社区大学作为跳板，之后再转入好的学校。毕竟，高中直接申请一流大学还是挺难的。我有好多朋友，两年后，都成功地转学到 UC Berkeley 之类很好的学校。”

CY 现在在南加大读研一，本科和研究生专业都是经济学。我问：“你为什么选择经济学呢？是因为对商科感兴趣吗？”

“不是，我当时选经济学，只是因为据说经济学是最水的专业。”CY 说。

“好像我也听人说经济学很简单。”沉默片刻，我干巴巴地附和道，“那你入读后，觉得跟你想象的一样吗？”

“只能说，经济学真的没有那么容易，特别是研究生。”CY 告诉我。

“你对未来职业有什么规划？”

“走一步算一步吧。哈哈哈。嗯，我也可能去投行。最近我打算考 CFA（特许金融分析师）。”